Bianca

UNA AVENTURA PARA UNA PRINCESA
SHARON KENDRICK

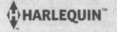

HARLEQUIN™

Editado por Harlequin Ibérica.
Una división de HarperCollins Ibérica, S.A.
Núñez de Balboa, 56
28001 Madrid

© 2016 Sharon Kendrick
© 2017 Harlequin Ibérica, una división de HarperCollins Ibérica, S.A.
Una aventura para una princesa, n.º 2537 - 19.4.17
Título original: A Royal Vow of Convenience
Publicada originalmente por Mills & Boon®, Ltd., Londres.

I.S.B.N.: 978-84-687-9533-1
Depósito legal: M-3385-2017
Impresión en CPI (Barcelona)
Fecha impresion para Argentina: 16.10.17
Distribuidor exclusivo para España: LOGISTA
Distribuidores para México: CODIPLYRSA y Despacho Flores
Distribuidores para Argentina: Interior, DGP, S.A. Alvarado 2118.
Cap. Fed./Buenos Aires y Gran Buenos Aires, VACCARO HNOS.

Capítulo 1

E L ESTRUENDO del helicóptero descendiendo de un despejado cielo azul resultaba ensordece- dor y una gota de sudor nervioso se deslizó en- tre los pechos de Sophie.

–Aquí está –dijo Andy cuando las hélices dejaron de girar–. No estés tan preocupada, Sophie. Aunque Rafe Carter sea el jefazo, no muerde. No soporta bien a los idiotas, pero con que recuerdes eso, todo irá bien. ¿De acuerdo?

–De acuerdo –respondió Sophie sumisamente.

Sin embargo, aún tenía un nudo en la garganta cuando Andy corrió hacia el helicóptero del que bajó un hom- bre con porte poderoso y musculoso pasándose los de- dos por su oscuro pelo alborotado por el viento. Tras detenerse un instante para otear el horizonte, el hombre sacudió la cabeza mientras una rubia pechugona ata- viada con un ajustado uniforme azul intentaba captar su atención. A continuación, saltó sobre el polvoriento suelo y dejó a la mujer atrás, mirándolo y abatida por el rechazo.

Otra sensación de pánico recorrió a Sophie, aunque ahora estaba entremezclada con algo más. Algo que hizo que se le acelerara el pulso cuando el hombre se detuvo y comenzó a observar las tierras que lo rodea- ban.

Incluso en la distancia podía ver los musculosos

contornos de su cuerpo. Con un traje inmaculado que se ceñía a su esbelto físico, resultaba sofisticado y cosmopolita, tan fuera de lugar en el desierto australiano como su lujoso helicóptero. Su presencia parecía decir a gritos que era el propietario multimillonario de una de las mayores empresas de telecomunicaciones del mundo y que la enorme ganadería que tenía allí era simplemente una más de sus aficiones. Rafe Carter. Incluso el nombre sonaba sexy. Había oído al resto de empleados hablar sobre él, comentar historias excitantes que le habían hecho aguzar los oídos mientras había tenido la precaución de ocultar su curiosidad.

Porque había aprendido muy rápido que si quería mantener en secreto su identidad, lo mejor era que la vieran pero no la oyeran. Vestir con recato y pasar desapercibida, y no hacer preguntas sobre el dueño de la propiedad que se extendía más allá de donde le alcanzaba la vista. Lo único que sabía era que era rico. Muy rico. Que le gustaban los aviones, el arte y las mujeres bellas, además de la vida rural australiana en la que se sumergía y de la que salía según le placía. Sintió un cosquilleo por los pechos. No se había esperado que fuera tan... fascinante.

Vio a Andy acercársele y a los dos hombres saludarse antes de echar a andar juntos hacia la casa mientras el helicóptero volvía a alzarse en el cielo. Hacía calor. Incluso a primera hora de la mañana las temperaturas eran altas. El verano había llegado y en ocasiones parecía como si estuvieran viviendo en una sauna gigante. Tenía las palmas de las manos cubiertas por una fina capa de sudor; las frotó contra sus pantalones cortos de algodón a la vez que deseaba que el corazón le dejara de latir con tanta fuerza porque, sin duda, eso haría que su inquietud resultara evidente.

Se preguntó por qué la llegada de Rafe Carter la estaría haciendo sentir como si el mundo se estuviera tambaleando bajo sus pies. ¿Acaso temía que él descubriera lo que todo el mundo allí había ignorado? ¿Que descubriera hasta dónde había llegado para conseguir un empleo en la salvaje paz del desierto australiano en un intento de escapar de su vida dorada y forjarse una existencia más interesante y relevante?

Perturbadores escenarios comenzaron a formarse en su cabeza, pero apretó los puños y se dejó invadir por una ráfaga de determinación. Porque no, eso no sucedería. No lo permitiría. Por primera vez en su vida había estado disfrutando de los sencillos placeres del anonimato y de la recompensa del trabajo duro y honesto, y se sentía optimista respecto al futuro. Nadie sabía quién era y a nadie le importaba, no tenía miradas siguiendo cada uno de sus movimientos. Estaba sola y eso resultaba abrumador y excitante al mismo tiempo. Pero sabía que la aventura se le acababa porque su hermano le había dado un ultimátum y la quería de vuelta en Isolaverde, preferiblemente para Navidad y, si no, como muy tarde para febrero, para el decimonoveno cumpleaños de su hermana pequeña. En un par de meses echaría de menos la sensación de paz y libertad que había conocido en ese lugar remoto. Tendría que volver al mundo del que había huido y enfrentarse al futuro, pero quería hacerlo a su modo.

Dejó atrás el calor que la cubría como una manta y corrió a la cocina donde ni siquiera el aire acondicionado logró refrescar su acalorada piel. Se abanicó la cara con la mano mientras oía unos fuertes pasos masculinos e intentaba no dejarse apoderar por los nervios.

–¿Sophie? Ven a conocer al jefe.

El marcado acento australiano de Andy la descentró

y ya fue incapaz de hacer ninguna otra reflexión porque el capataz entró en la cocina con una amplia sonrisa que contrastaba con la expresión del hombre que lo seguía. Por mucho que lo intentó, por muy bien que la habían educado de niña y le habían enseñado que mirar era de mala educación, le fue imposible apartar los ojos del recién llegado.

De cerca, ese hombre resultaba aún más espectacular. Su rostro anguloso era impactantemente hermoso, al igual que su cuerpo, y esa perfección física quedaba envuelta por una resplandeciente aura. ¿Era consciente del efecto que producía en las mujeres? ¿Sabría que se le había secado la boca y que se le estaban inflamando los pechos tanto que le estaban rozando con fuerza contra la tela de su sujetador barato? ¿Cómo podía estar tan cómodo con un traje de chaqueta cuando hacía tanto calor? Y entonces, como si le hubiera leído el pensamiento, él se quitó la chaqueta y ella de pronto se encontró frente a un esculpido y poderoso torso que se entreveía bajo la prístina seda de la camisa blanca.

Otra gota de sudor le cayó entre el escote y se filtró en su camiseta al ver que esos ojos grises casi metálicos estaban apuntando en su dirección. Él estrechó la mirada mientras la observaba de arriba abajo y la sensación de aprensión de Sophie dio paso a una de indignación porque no estaba acostumbrada a que los hombres la miraran así. Nunca nadie la había mirado con tanto descaro. Tragó saliva. Era como si él supiera exactamente qué estaba pensando sobre su hermoso rostro y su cuerpo...

—Rafe —dijo Andy con tono relajado—. Te presento a Sophie, la mujer de la que te estaba hablando. Lleva cocinando para nosotros desde hace casi seis meses.

—¿Sophie...?

Fue la primera palabra que él pronunció y sonó como un latigazo de oscura seda azotando el aire que la rodeaba. Rafe Carter enarcó las cejas y, en respuesta, Sophie esbozó una sonrisa nerviosa. Sabía que no debía vacilar porque vacilar era peligroso. Y también sabía que debería haber tenido preparada esa respuesta... y lo habría hecho si no la hubieran distraído tanto el encanto de su profunda y melosa voz y el efecto que le estaba produciendo esa mirada petrificante.

–Doukas. Sophie Doukas –respondió empleando el apellido de su abuela griega y sabiendo que allí nadie podría contradecirla porque se las había apañado para no enseñarles su documentación.

Esa mirada de acero se volvió más penetrante aún.

–Qué apellido tan inusual.

–Sí –desesperada por cambiar de tema, carraspeó y esbozó una sonrisa–. Tiene que estar sediento después del viaje. ¿Le apetece un té, señor Carter?

–Pensé que no me lo preguntarías nunca. Y llámame «Rafe».

–Rafe –repitió ella con cierta frialdad. «Céntrate, no olvides que es el jefe y que tienes que ser complaciente y obediente»–. Muy bien –forzó una sonrisa–. Ahora mismo lo preparo. Andy, ¿te apetece uno?

–No, gracias –respondió el capataz sacudiendo la cabeza–. Esperaré al almuerzo. Nos vemos fuera cuando hayas tomado algo, Rafe.

Sophie se vio invadida por una gran sensación de timidez cuando Andy se marchó y la dejó sola con Rafe Carter en una habitación cuyas paredes parecieron cerrarse a su alrededor. Y aunque preparar té era una labor que desempeñaba infinitas veces al día, ahora se movía por la cocina nerviosa, como si estuviera a punto de estallar y consciente de que la mirada de Rafe la seguía en todo momento; la atravesó como un láser cuando levantó el hervidor, que de pronto le resultó increíblemente pesado. «¿Pero qué hace aquí?», pensó mientras servía el agua hirviendo en la tetera. Andy había dicho que no lo esperaban allí hasta la primavera, momento para el cual ella ya se habría marchado y todo sería un lejano recuerdo. En absoluto se había esperado esa llegada a tan solo una semana de Navidad.

Bajó una taza del aparador. Había resultado fácil olvidarse de la Navidad en esa zona exótica de Australia, con su exuberante follaje y calor húmedo y la clase de pájaros y mamíferos que hasta entonces solo había visto en documentales de Naturaleza. Aun así, ya que los hombres se lo habían pedido, había decorado la granja con cadenetas de papel y acebo de plástico y un árbol hecho de oropel que había comprado en la tienda del pueblo. El efecto resultante había sido estridente aunque también tan original que le había hecho olvidar todas las cosas a las que estaba acostumbrada.

Sin embargo, ahora las familiares imágenes de lo que había dejado atrás se colaron en su mente al pensar en las Navidades en su isla natal de Isolaverde. Recordó el ponche de vino y las bandejas doradas colmadas de dulces; el enorme árbol que ocupaba la sala del trono y que estaba decorado con velas de verdad que encendían diligentemente sus legiones de leales sirvientes. Y bajo el árbol, la formidable pila de regalos que su hermano y ella entregaban cada año a los niños de la ciudad. Recordó las miradas de emoción que iluminaban sus caritas y de pronto, sin previo aviso, una oleada de soledad la invadió. De pronto se sintió vulnerable. Sabía lo fácil que sería arrojar la toalla y marcharse a casa, pero no quería hacerlo. Aún no. No hasta que hubiera averiguado cómo quería que fuera su nuevo futuro...

Tras remover el té, supuso que Rafe se tomaría la taza fuera o se retiraría a sus suntuosas dependencias, situadas en una zona separada de la gigantesca granja. Pero se le cayó el alma a los pies cuando él apoyó su esbelta cadera contra el alféizar de la ventana con la mirada de un hombre que tenía claro que no iría a ninguna parte. ¿Es que no se daba cuenta de que se estaba poniendo cada vez más nerviosa, y eso que se había pasado toda la vida bajo la atenta mirada de los demás? Eso a ella nunca la había afectado; nunca había hecho que un cosquilleo le recorriera los pechos o que un desconcertante calor se posara en la parte baja de su vientre...

«Pues di algo. Finge que es uno de esos muchos extraños que te has pasado la vida conociendo y con los que has tenido que entablar conversaciones educadamente».

–¿Has volado hoy desde Inglaterra? –preguntó sirviendo leche en una jarra de porcelana.

–No. He estado viajando por el Lejano Oriente y hoy he llegado a Brisbane. Estaba tan cerca que me ha parecido una locura no acercarme a hacer una visita –sus ojos grises resplandecieron–. Y para que quede claro, no vivo en Inglaterra.

–Pero creía que...

–¿Que mi acento era inglés?

Ella esbozó una débil sonrisa.

–Bueno, sí.

–Dicen que nunca pierdes el acento con el que naces, pero hace mucho tiempo que no vivo allí. Hace años –frunció el ceño–. Y hablando de acentos... no logro distinguir del todo el tuyo. Creo que nunca he oído nada parecido. ¿Eres griega?

Sophie intentó distraerlo alzando la jarra y preguntándole con tono alegre y una sonrisa:

–¿Leche? ¿Azúcar?

–Nada, gracias. Me lo tomaré tal cual.

Le entregó la taza de té deseando que él no hubiera estirado las piernas porque ese movimiento estaba haciendo que la tela de los pantalones se le tensara sobre sus poderosos muslos. ¿Acaso intentaba provocarla? Ella jamás había devorado a un hombre con la mirada porque un comportamiento así habría quedado captado por las cámaras que habían seguido todos sus pasos desde que había nacido. Ni siquiera el hombre con quien había estado prometida, popularmente conocido como uno de los más atractivos del mundo, había llegado nunca a despertar en ella esa clase de interés que estaba haciendo que ahora los dedos le empezaran a temblar.

En un intento de ocultar los nervios, limpió unas migas imaginarias de la mesa.

–Bueno, ¿y dónde vives? –le preguntó.

–Principalmente en Nueva York, aunque estuve viviendo aquí de manera fija cuando compré la estación de ganado. Pero me muevo mucho de una ciudad a otra. Siempre estoy moviéndome. Soy lo que se podría llamar un «gitano urbano», Sophie –dio un sorbo de té mientras la observaba por encima del borde de la taza–. Y aún no has respondido a mi pregunta.

–¿Cómo dices? ¿A qué pregunta te refieres? –dijo intentando mostrarse confusa.

–Te he preguntado si eres griega.

Sophie no quería mentir, pero decir la verdad sería como soltar una bomba en la habitación. Su anonimato llegaría a su fin y su refugio se desvanecería. Habría preguntas. Muchas. ¿Y qué podría decir?

«Soy una princesa que quiere dejar de ser princesa. Soy una mujer que se ha criado en un palacio y que nunca ha tenido que lidiar con la vida real hasta ahora. Una mujer a la que han hecho daño y humillado. Una mujer que se ha decidido a descubrir si puede enfrentarse a la vida sin la protección que ha conocido durante toda su vida».

Se topó con el frío brillo de su mirada.

—Mi abuela era griega. Y el griego es mi lengua materna.

—¿Algún otro idioma?

—Inglés. Lógicamente.

—Lógicamente —respondió él con un brillo en la mirada—. ¿Y eso es todo?

Ella se humedeció el labio inferior.

—Me defiendo en italiano y también en francés.

—¡Vaya! Mira que eres lista. Sin duda, estás demasiado cualificada para haberte pasado los últimos meses friendo filetes y untando mantequilla para un grupo de ganaderos.

—No pensé que tener habilidades lingüísticas fuera un impedimento para trabajar como cocinera en una estación de ganado, señor Carter.

Sus miradas chocaron y Rafe intentó no mostrarse afectado por el destello de desafío que vio en su mirada y que resultó tan provocativo como las puntiagudas cúspides de sus pechos. Por un lado, y aunque no estaba seguro del porqué, era consciente de que ella estaba jugando con él al evitar sus preguntas. Frunció el ceño. Ahora mismo había muchas cosas de las que no estaba seguro. Muchas mujeres jóvenes llegaban desde el extranjero para trabajar en lugares remotos de ese país, pero nunca antes se había topado con nadie como Sophie Doukas. Andy le había dicho que, cuando llegó, era una chica inocente y sin experiencia pero con muchas ganas de aprender, y Rafe se había preguntado por qué su tosco capataz australiano había contratado a alguien carente de las habilidades básicas necesarias. Sin embargo, ahora que la había visto... se hacía una buena idea del porqué.

Se le secó la garganta.

Porque era preciosa. Realmente preciosa.

Y no era una belleza fruto de horas frente al espejo o de una cirugía plástica. Algo le decía que lucía ese aspecto sin ni siquiera proponérselo. Tenía unos pómulos altos, los ojos tan azules como el cielo de Queensland y una melena oscura recogida en una brillante cola de caballo. No llevaba maquillaje, pero con unas pestañas tan largas suponía que tampoco lo necesitaba. Y los labios. ¡Por favor! Esos labios. Se le endureció la entrepierna. Con solo una mirada se le ocurrieron un millón de distintas formas, propias de una película X, en las que le gustaría usarlos, empezando por esa bonita lengua rosada...

Pero su atractivo no se limitaba a la cara. Tenía uno de esos cuerpos que resultaban fantásticos con ropa, pero que probablemente estarían mejor aún sin ella. Llevaba una simple camiseta blanca y unos corrientes pantalones de algodón cortos que dejaban al descubierto sus largas piernas y su redondeado trasero, y se movía con la elegancia natural de una bailarina. Era una mujer muy atractiva, de eso no había duda, y ahora podía imaginarse la reacción de Andy al verla por primera vez. ¿Quién podría resistirse a una mujer con ese físico, salida de la nada como en respuesta a los sueños de cualquier hombre apasionado?

Pero Andy también le había dicho que ella mantenía las distancias, que no era una de esas aventureras extranjeras ansiosas por disfrutar de cualquier experiencia nueva... incluyendo el sexo. Al parecer, ni había flirteado con los hombres ni había dado muestras de querer estar con ninguno. Era una persona cautelosa que podía resultar incluso fría, razón por la que nadie se había atrevido a insinuársele. Rafe frunció el ceño. Sí. Que fuera cautelosa estaba bien. Ahora lo estaba mirando de un modo que le recordaba a aquella vez en que un pergolero entró volando en la casa por error, con sus preciosas alas batiendo contra la ventana en un intento por escapar de su prisión doméstica.

Dio otro sorbo de té. Podía sentir que ella estaba intentando marcar distancias y eso era algo que no le solía suceder. Estaba acostumbrado a recibir atención instantánea por parte del sexo opuesto siempre que lo deseaba.

Sin embargo, no parecía que fuera a recibir eso de Sophie Doukas. Se preguntó por qué sería tan reservada y si esa reticencia a hablar era la causa del poderoso latido de deseo que palpitaba cada vez con más fuerza en su entrepierna.

–No –respondió él secamente–. Tus habilidades lingüísticas son dignas de elogio, por mucho que no hayas tenido oportunidad de ponerlas en práctica aquí –cambió de postura y añadió–: Tengo entendido que vamos a compartir alojamiento.

Ella parecía incómoda.

–No tenemos por qué. He estado viviendo en el extremo más alejado de la casa desde que llegué porque Andy me dijo que era una locura que estuviera vacío y que ahí hacía mucho menos calor, pero ahora que has vuelto... –le respondió mirándolo directamente a los ojos y sin mostrar el más mínimo coqueteo que sí que se habría esperado de cualquier otra mujer dadas las circunstancias– puedo trasladarme sin problema a una de las estancias más pequeñas. Odiaría sentir que molesto.

Rafe casi sonrió. No. Definitivamente no estaba flirteando. ¿Cuándo era la última vez que le había pasado eso?

–No será necesario. Hay sitio de sobra para dos personas. Seguro que no tendremos problemas para evitar molestarnos. Y además, solo estoy de paso, una noche como máximo. Lo cual me recuerda... –se apoyó contra la ventana y la miró–, no recuerdo que Andy me mencionara cuánto tiempo tienes pensado quedarte.

La observó y vio cómo cambió su lenguaje corporal. Ella agarró una cucharilla que había dejado sobre la mesa y la llevó al fregadero como si fuera a explotar si no la hundía rápidamente en el agua.

–No... no lo he decidido –respondió tensa, aún dándole la espalda–. Pronto. Después de Navidad probablemente.

–¿Y tu familia no te va a echar de menos en Navidad? ¿O es que no celebras la Navidad?

Ella se giró para mirarlo y Rafe vio que había palidecido. Sus ojos azules se habían oscurecido tanto que de pronto le resultó casi frágil y sintió un inesperado azote de culpabilidad, como si hubiera hecho algo mal. Pero entonces se recordó que lo único que había hecho había sido hacerle una pregunta y que, como el hombre que le pagaba sus salarios, tenía derecho a hacerlo.

–Sí, la celebro –respondió ella en voz baja–. Pero mis padres están muertos.

–Lo siento.

–Gracias.

–¿Y no tienes hermanos?

Sophie pensó que era demasiado persistente y que ella no estaba acostumbrada a que la interrogaran así porque nadie se atrevería a hacerlo en condiciones normales. ¿Por qué estaría tan interesado en saber esas cosas? Se quedó mirando la tetera, que parecía desdibujarse ante sus ojos. Era inocente, sí, pero eso no significaba que fuera una absoluta estúpida. Había visto cómo la había mirado cuando había entrado en la cocina; se había visto sometida a un breve pero minucioso análisis de su cara y su cuerpo, algo que probablemente no habría sucedido si Rafe hubiera sabido quién era en realidad. Pero no lo sabía. Y no lo descubriría.

Porque su instinto no se había equivocado; había sentido aprensión al verlo por primera vez y no había sabido por qué. Sin embargo, ahora sí lo sabía. Mientras él la había observado, había sentido algo extraño; una sensación que no tenía nada que ver con el miedo a que la descubrieran, pero que resultaba igual de inquietante. Una repentina pesadez en sus pechos y una dulce sensación en su vientre. De pronto la piel de su cuerpo parecía haberse vuelto demasiado tirante y la lencería barata que llevaba debajo parecía habérsele clavado en la carne.

Y del mismo modo que habría reconocido la sensación de haberse quemado con el sol aunque no lo hubiera experimentado nunca antes, supo que lo que estaba sintiendo por Rafe Carter era deseo. Un deseo ardiente y muy real que estaba haciendo que el corazón se le saliera, que le estaba haciendo preguntarse cómo sería que Rafe Carter la abrazara y la tocara. Que deslizara esos dedos color aceituna sobre su piel y saciara ese terrible deseo.

Y eso era algo que nunca antes había sentido por nadie. Ni siquiera por Luciano.

Al darse cuenta de que él seguía esperando una respuesta, intentó encontrar una coherente entre la hasta ahora desconocida y lujuriosa niebla que le nublaba el pensamiento.

—Tengo una hermana pequeña y un hermano.

–¿Y no te esperarán en casa?

Sophie negó con la cabeza.

Después de haberse marchado de Isolaverde, había telefoneado para que su hermano, Myron, supiera que estaba sana y salva y para suplicarle que no enviara ninguna patrulla de búsqueda. Le había dicho que necesitaba escapar de la presión de lo sucedido y, por el momento, él había tenido en cuenta su petición. En las contadas ocasiones en las que había logrado conectarse a Internet, no había encontrado noticias en relación con su repentina desaparición aunque sí había visto que su hermana pequeña, Mary-Belle, había pasado a ocuparse de sus compromisos oficiales. Tal vez Myron comprendía que habían herido su orgullo, que había necesitado alejarse para recuperarse después de que el hombre con el que había tenido intención de casarse la hubiera rechazado en público. Tal vez había entendido que, aunque estaba dispuesta a retomar todos los compromisos de su papel como princesa, solo quería un poco de tiempo para recomponer su cabeza. O tal vez él estaba demasiado ocupado gobernando su reino como para prestarle mucha atención. Se tomaba muy en serio su título de rey de Isolaverde y llevaba tiempo viviendo bajo la presión de encontrar una esposa apropiada.

–Tienes exactamente seis meses para que se te pase este berrinche –le había dicho bruscamente por teléfono–. Y si no estás de vuelta en febrero, enviaré unas patrullas de búsqueda para que te traigan a casa. Tenlo muy claro, Sophie.

Recordando cómo todo el mundo siempre había intentado controlarla, se giró, y al toparse con la inquisitiva mirada de Rafe Carter, supo que tenía que evitar que él también lo hiciera. Así que debía ser fuerte, preguntarle algo, ponerlo en un aprieto.

–¿Y tus Navidades? Las pasarás sentado alrededor del árbol de Navidad con tu familia y cantando villancicos, ¿verdad?

El gesto de Rafe se endureció y en las profundidades de sus ojos Sophie vio algo que pareció dolor. Parpadeó. No podía ser. No podía imaginarse a un hombre tan poderoso como ese sintiendo dolor.

–Esa clase de Navidad solo existe en los cuentos de hadas –respondió Rafe y su tono se endureció con cinismo–. Y yo nunca he creído en los cuentos de hadas.

De pronto se levantó y se situó al lado de Sophie, lo suficientemente cerca como para tocarla. Lo suficientemente cerca como para que ella pudiera ver esa incipiente barba que ya le ensombrecía la barbilla a pesar de que debía de haberse afeitado hacía apenas unas horas. Ese potente signo de virilidad hizo que otro golpe de deseo la recorriera.

–¡Vaya, mira! –exclamó con una mirada de acero ensombrecida por sus pestañas color ébano–. Te tiemblan las manos. ¿Qué pasa, Sophie? ¿Te está incomodando algo?

Sospechó que él sabía perfectamente lo que la estaba incomodando.

–La verdad es que sí. Me pongo nerviosa si alguien se queda observando mientras trabajo, sobre todo si ese alguien resulta ser el jefe. Estoy a punto de prepararles a los chicos su almuerzo de media mañana y ya sabes el hambre que les entra –esbozó una leve sonrisa con la esperanza de que ocultara lo que sentía; con la esperanza de que él no se percatara de que sus pezones le rozaban la camiseta como duras piedras o que las mejillas le quemaban más a cada segundo que pasaba–. Así que si me disculpas...

–Tengo la sensación de que me estás echando –respondió él con tono sedoso–, lo cual es una novedad para mí. Aun así, ya que la dedicación al trabajo es una cualidad que siempre he admirado, no tengo nada que objetar.

Pero antes de llegar a la puerta, se detuvo y de pronto dejó de ser el jefe curioso que hacía preguntas sobre su pasado o le decía que le temblaban los dedos para pasar a ser el multimillonario con un resplandeciente helicóptero que la miraba como si tuviera pleno derecho a hacerlo.

–No me importa compartir la casa contigo siempre que seas consciente de que me gusta estar solo. Así que por favor no te sientas obligada a buscarme o a darme conversación, y menos si estoy trabajando. Si resulta que hace un buen día, lo daremos por hecho y no lo mencionaremos, ¿de acuerdo? No necesito ni oír tu opinión sobre lo soleado que está el día ni que me preguntes qué tengo pensado hacer durante la jornada. ¿Entendido?

Sophie lo miró pensando que eso era probablemente lo más grosero que nadie le había dicho en su vida. ¿Darle conversación? ¡Pero si antes preferiría hablar con uno de los enormes bichos que todas las mañanas se paseaban por la granja!

–Por supuesto.

Se alegró al ver la puerta cerrarse tras él. Era el hombre más arrogante que había conocido en su vida, incluso más que su hermano, pero también era el más atractivo. ¡Con mucha diferencia! Cerró los ojos un instante y pensó en cómo había reaccionado ante él. Se había sentido torpe y nerviosa en su presencia y eso no era propio de ella, como tampoco lo eran unos dedos temblorosos y unos pechos inflamados de deseo. Se había dejado afectar por su presencia simplemente porque parecía un dios griego con una dosis extra de atractivo sexual, y no debía permitir que eso volviera a suceder. Era su jefe, nada más. Un hombre que estaba de paso.

Pero a pesar de sus mejores intenciones, algo la hizo ir hasta la ventana para verlo cruzar el jardín.

El sol de la mañana rozaba su cabello color ébano y lo salpicaba de reflejos rojizos. Podía ver el poderoso movimiento de sus muslos al caminar. Algo comenzó a palpitar en su interior y sintió un deseo tan poderoso que tuvo que agarrarse al alféizar de la ventana para sujetarse.

Fue mala suerte que Rafe Carter eligiera justo ese momento para darse la vuelta y sorprenderla mirando.

Y al mirarla, la arrogancia de su sonrisa fue inconfundible.

Capítulo 2

ERA UNA tortura tener cerca a tu jefe más tiempo del previsto, pensó Sophie mientras mezclaba la masa de una tarta y lo veía cruzar el jardín en dirección a ella. ¡Una absoluta tortura! ¿Por qué seguía allí cuatro días después de haber dicho que simplemente «estaba de paso»? ¿No era un importante ejecutivo con montones de cosas de las que ocuparse? ¿Y por qué tenía que moverse por allí con ese... aspecto?

El corazón le palpitó con fuerza al verlo acercarse a la casa. El elegante traje gris que lució a su llegada ya había quedado para el recuerdo; ahora llevaba unos vaqueros desgastados que parecían estar pintados sobre sus musculosas piernas y una camiseta negra que le resaltaba los abdominales y las poderosas líneas de sus brazos y sus hombros.

Cada vez le resultaba más incómodo estar allí, e incluso embarazoso. Cada vez que se miraban, una multitud de cosas desestabilizadoras comenzaban a sucederle a su cuerpo; cosas que se centraban alrededor de sus pechos y de un nuevo y sensibilizado punto entre sus muslos; cosas que nunca antes le habían pasado. Había intentado decirse que el hecho de que estuviera siendo tan consciente de sus reacciones físicas se debía a que se encontraba en plena naturaleza y no en la enrarecida atmósfera del palacio. Había intentado mantenerse alejada de él todo lo posible, escondiéndose cada vez que lo veía acercarse, pero nada parecía funcionar. Fueran cuales fueran las cualidades de Rafe Carter, las poseía en abundancia y ella no podía dejar de pensar en...

Justo en ese momento Rafe abrió la puerta y entró al frescor de la cocina. Su cabello negro se ondulaba en húmedos mechones alrededor de su anguloso rostro y un hilo de sudor caía por la parte frontal de su camiseta antes de desaparecer bajo la suave piel del cinturón.

Sophie soltó el cuenco de la masa y lo miró. ¿Por qué no era capaz de mirar esos sensuales labios sin preguntarse cómo sería que la besaran?

–¿Puedo hacer algo por ti, Rafe?

–¿Te refieres a además de mirarme como si prefirieras que estuviera en cualquier otra parte menos aquí?

–Ya te dije que me siento incómoda si hay gente observándome mientras trabajo.

–Sí, me lo dijiste –respondió con tono suave–. Pero bueno, no tendrás que soportar mi compañía durante mucho más tiempo porque me marcho mañana a primera hora.

–Oh –Sophie intentó ocultar la absurda sensación de decepción que la invadió–. ¿Te vas?

–Sí. Así que te librarás de mí para siempre –se detuvo–. Se me ha ocurrido que esta noche podrías preparar una cena especial para los chicos. Una especie de celebración navideña por adelantado para agradecerles cuánto han trabajado y se han esforzado este año. Podríamos abrir algunas botellas de vino decentes... y después irnos a tomar una copa a Corksville. ¿Crees que podrías hacer algo, Sophie? –le preguntó con un intenso brillo en la mirada.

Cuando la miró así, ella se vio incapaz de hacer

nada, sintió que estaba a punto de derretirse, pero finalmente logró asentir con la cabeza.

–¡Por supuesto!

Se pasó el resto del día de un lado para otro consul-
tando recetas mientras intentaba preparar una cena tra-
dicional navideña para los chicos, pero en lo que pensaba realmente era en qué ponerse porque, aunque solo
estaba allí para cocinar y servir comida, sus vestidos
baratos y sus pantalones cortos no le parecían apropia-
dos para una cena de celebración. Y además, ¿en el
fondo no quería arreglarse y que Rafe Carter la viera
como a una mujer de verdad y no solo como la persona
insignificante y mediocre que tanto se había esforzado
por ser?

Miró con anhelo el único vestido que colgaba de su
armario, y el único que se había llevado de Isolaverde.
Estaba hecho a medida por su diseñador favorito y era
engañosamente sencillo; le encantaban el suave tejido
azul que destacaba el color de sus ojos, la parte supe-
rior ajustada y la falda corta con vuelo que le rozaba los
muslos desnudos al moverse. Se lo puso junto con unas
sandalias de tiras y se aplicó un poco de máscara de
pestañas y de brillo labial. Incluso se dejó el pelo suelto,
aunque se lo apartó de la cara con una horquilla para
evitar que su jefe comenzara a reprenderla y aleccio-
narla sobre las normas de higiene en la cocina.

Cuando quedaba apenas una hora para la cena, y tras
darse cuenta de que no había chocolate para el postre,
corrió al pueblo cercano de Corksville donde Eileen
Donahue, la encargada de la tienda local, le lanzó una
mirada de curiosidad.

–He oído que el jefe ha vuelto –dijo mientras Sophie
ponía en el mostrador una caja de chocolatinas de
menta y chocolate negro.

Sophie asintió.

–Eso es. Pero se marcha mañana.

–Qué pena. Al pueblo le vendría bien verlo un poco más –respondió Eileen con una pícara sonrisa–. Es un hombre guapo este Rafe Carter.

–Eso dicen.

–¿Ya ha conseguido una mujer permanente?

–No tengo ni idea, señora Donahue.

–Ya. He oído que alterna con cualquier mujer que se le cruce. Bueno, de todos modos, me alegro de haberte visto con un vestido para variar. Estás... distinta.

Sintió como si la realidad la estuviera abofeteando y se le tensaron los dedos al sacar un billete del bolso. ¿A qué se creía que estaba jugando al arriesgar meses de anonimato solo porque quería impresionar al jefe?

Rápidamente, agarró los chocolates y se marchó. Condujo con la garganta seca de los nervios y levantando nubes de polvo a su paso. ¿Eileen la había mirado con cierto recelo cuando le había dado las vueltas o simplemente estaba paranoica?

Se encontraba dando los últimos retoques a la mesa del comedor cuando levantó la mirada y vio a Rafe en la puerta. Se preguntó cuánto tiempo llevaría ahí, observándola. Vestía unos pantalones oscuros y una camisa de seda con el cuello desabrochado y en él ya no quedaba rastro ni de sudor ni de polvo. Tenía el aspecto resplandeciente de un hombre que acababa de salir de la ducha y la estaba mirando de un modo que hizo que el corazón se le clavara dolorosamente en las costillas.

–Vaya, vaya, vaya –dijo antes de silbar mientras ella doblaba una servilleta–. La transformación de Sophie Doukas.

Ella fingió no saber a qué se refería.

–¿Cómo dices?

–Un vestido bonito. El pelo suelto. Maquillaje.

–¿No te gusta?

Él esbozó una sonrisa que resultó peligrosamente atractiva.

–No andes a la caza de cumplidos, Sophie. Estás muy guapa y estoy seguro de que lo sabes perfectamente. Y el vestido es... impresionante.

Ella agarró otra servilleta y se giró.

–Gracias.

Rafe frunció el ceño preguntándose por qué había reaccionado de ese modo tan desconcertante ante un simple cumplido, como si no estuviera acostumbrada a que un hombre le dijera que estaba guapa. Aunque, claro, todo en ella resultaba desconcertante y no podía descifrar por qué. Miró a su alrededor y se fijó en las flores, en las velas y en el almidonado mantel blanco que no sabía de dónde habría sacado. De un lado a otro del techo colgaban guirnaldas de papel y el árbol de Navidad de plástico estaba adornado con pequeñas luces. El efecto general era algo chabacano aunque acogedor al mismo tiempo. Tenía ese inconfundible toque femenino, como si ella se hubiera esforzado mucho en que el lugar resultara agradable. Algo inexplicable se retorció en su corazón porque para él Poonbarra era un lugar donde únicamente se trabajaba y se entraba en contacto con la naturaleza, no un lugar que tuviera que resultar ni agradable ni acogedor.

Había terminado quedándose más tiempo del planeado porque temía volver a Inglaterra para el bautizo del hijo de su hermanastro. Dada su reputación entre la familia de eterno ausente, por razones dolorosamente íntimas, nadie se podía creer que hubiera aceptado a asistir en un primer lugar. Y lo cierto era que él tampoco se lo creía. Tragó el ácido sabor que se le había acumulado en la garganta. Sabía que ciertos oscuros y amargos recuerdos serían inevitables, pero se dijo que no podía evadirlos para siempre, que tal vez debía alejarse del dolor de una vez por todas. Que tal vez uno nunca llegaba a recuperarse a menos que se enfrentara a la realidad.

Pero un día había dado paso a otro, y ese a otro más, hasta que retrasar su viaje se había hecho más... complicado. Había subestimado el efecto de Poonbarra, de la paz y la calma que siempre lo invadían allí y que se habían magnificado ante la decorativa presencia de Sophie Doukas. Esa mujer que nunca flirteaba. La mujer que se pasaba todo el tiempo evitándolo, algo nuevo y terriblemente frustrante para él.

Intentó concentrarse en la botella de vino que estaba abriendo, pero por mucho que lo intentaba, era incapaz de dejar de mirarla. ¿Porque le suponía un desafío? ¿Era esa la razón por la que no podía dejar de pensar en ella? ¿La razón por la que sus eróticos sueños habían generado imágenes ardientes de su distante cocinera? Ella debía de ser tan consciente como él de la vibrante atracción que había estallado entre los dos desde el primer momento; sin embargo, no había actuado como lo habrían hecho la mayoría de las mujeres en su situación. Sophie no había andado por la casa ataviada únicamente con una toalla ni había tenido «pesadillas» destinadas a hacerlo acudir corriendo a su dormitorio en mitad de la noche. Había hecho lo que le había pedido que hiciera: se había mantenido apartada de su camino todo lo posible, dejándolo frustrado e inquieto y con un doloroso ardor entre las piernas.

La naturaleza humana era todo un misterio, de eso no había duda. Cuando un hombre estaba acostumbrado a que las mujeres se le echaran encima, le resultaba curiosamente excitante descubrir a una que luchaba contra su atracción. Es más, nada lo había excitado tanto en toda su vida. Se preguntó si era necesario que ella le prestara tanta atención a las sartenes y cacerolas que tenía en el fuego y casi lamentó que Andy y los demás entraran a sentarse a la mesa.

Durante la cena, el intenso aroma a loción para después del afeitado flotaba en el aire hasta el punto de resultar cargante. ¿Es que todos iban detrás de ella?, se preguntó Rafe mientras entre diversión e irritación veía cómo todos los hombres alababan la comida. ¿Por eso se estaban comportando como torpes adolescentes cada vez que ella les hablaba o aparecía con otro humeante plato sostenido sugerentemente frente a esos magníficos pechos?

Comió y bebió muy poco, y cuando la cena terminó, los hombres se levantaron para marcharse y Andy se volvió hacia ella.

—¿Vienes al pub con nosotros, Soph? ¿Nos dejas que te invitemos a una cerveza para agradecerte todas las delicias que nos has cocinado?

Con una sonrisa, ella sacudió la cabeza.

—No, gracias. Voy a recoger aquí y a meterme en la cama.

Pero Rafe pudo ver esa inconfundible mirada de... alarma... cuando los hombres salieron y él permaneció sentado a la mesa. Vio el movimiento de su lengua rozando con nerviosismo su labio inferior.

—¿No vas a ir al pub con los demás? —le preguntó con un tono demasiado animado.

Él negó con la cabeza.

—No. Mañana me espera un día largo. Y, además, a lo mejor les corto la diversión si voy.

–Ah, de acuerdo. Bueno, discúlpame, pero voy a seguir con esto –dijo formando una pila de platos y llevándolos a la cocina.

Rafe estiró los brazos por encima de la cabeza sabiendo que debía moverse; irse a la cama y pensar en cómo sobrellevaría el bautizo de Oliver, sobre todo ahora que Sharla había confirmado su asistencia. Sin embargo, no quería ir a ninguna parte. No, cuando se sentía tan a gusto allí sentado viendo cómo Sophie recogía los platos y se movía por la mesa intentando evitar su mirada. Y el problema era que, precisamente gracias a eso, él podía mirarla sin censura y a su antojo. Posó la mirada en el brillo de sus esbeltas pantorrillas y contempló el modo en el que el vestido azul se movía alrededor de sus nalgas. De pronto, la idea de tener sexo con Sophie parecía estar convirtiéndose en una obsesión.

Últimamente evitaba las aventuras de una noche y, además, se había impuesto la norma de no intimar con empleadas. Las mujeres ya eran lo suficientemente complejas teniéndolas como amantes como para añadir la complicación de tenerlas también en nómina. Había visto a algunos amigos y colegas meterse en muchos líos por intimar demasiado con las empleadas y había visto a más de una mujer convertirse en la maníaca de *Atracción Fatal* después de haberse acostado con un tipo y haber visto que no acabaría con un diamante en el dedo. Aunque fueras sincero con tu amante desde el comienzo y le dijeras que no querías ataduras, que solo se trataba de una aventura, ella nunca te creía. Ella siempre pensaba que sería la mujer que te haría cambiar de opinión. ¿Y cómo se podía escapar de la ira de una amante rechazada si tenías que toparte con su mirada vengativa también en el trabajo?

O cuando se estaba inclinando sobre la mesa para recoger una cuchara y podías oler su perfume.

No. Ese era un terreno del que siempre se había mantenido alejado.

«Pues deja de mirarle los pechos. Deja de imaginarte cómo sería separar esos deliciosos muslos y colar los dedos bajo su ropa interior para ver cuánto tardas en hacer que se humedezca».

–¿Te apetece un café, Rafe?

Su exótico acento se coló en sus pensamientos y él respondió mientras cambiaba de postura en la silla.

–No. No quiero beber nada más. Ven y siéntate. Llevas toda la noche trabajando. ¿Has comido algo?

–La verdad es que no me apetece nada. He comido un poco antes de empezar a servir la cena.

–Pues entonces tómate un chocolate. Seguro que no existe ninguna mujer que pueda resistirse al chocolate.

–Aún me faltan cosas por recoger.

–Ya lo has hecho casi todo. Deja el resto para mañana, es una orden. Por el amor de Dios, relájate, Sophie, ¿o acaso te parece eso una sugerencia escandalosa?

Con el corazón acelerado, Sophie se giró hacia la silla que le estaba indicando.

¿Que se relajara? ¡Tenía que estar de broma!

–Toma –le dijo él ofreciéndole la copa de vino que acababa de servirle.

Ella dio un trago y agradeció la repentina calidez que le inundó las venas.

–Mmm. Es excelente.

–Por supuesto que lo es. Australia produce algunos de los mejores vinos del mundo –se le iluminaron los ojos–. Además de poseer una belleza salvaje que te deja sin aliento.

Sophie agitó la copa y vio el vino manchar los lados del cristal.

–Parece que te encanta. El país, quiero decir.

–Es que me encanta –se encogió de hombros–. Siempre me ha encantado.

Ella levantó la mirada de la copa para mirarlo directamente a los ojos.

–¿Por eso compraste una estación de ganado aquí, tan lejos de Inglaterra?

Rafe no respondió a la pregunta directamente porque hacía tiempo que no pensaba en ello. Lo que había comenzado como un refugio de todo lo que le resultaba insoportable se había convertido en uno de sus lugares favoritos. Siempre había disfrutado de las condiciones extremas del desierto australiano y cada vez que volvía, lo cual últimamente era menos frecuente, se acomodaba enseguida. Había llegado allí huyendo del brutal mundo que había dejado atrás y en busca del trabajo duro, del sudor y del esfuerzo que lo habían ayudado a sanar su corazón y su alma desmoronados. Había sido la primera parada de una serie de lugares por los que había ido pasando sin llegar a considerar nunca su hogar. Pero lo cierto es que durante su infancia tampoco había tenido un verdadero hogar, así que, ¿por qué iba a ser eso distinto en su madurez? Su descripción de sí mismo como un «gitano moderno» era acertada y sabía por experiencia que era una imagen que atraía a las mujeres.

¿Habría atraído también a Sophie? ¿Por eso lo estaba mirando ahora con esos ojos azules iluminados por la luz de las velas y esos increíbles labios ligeramente separados, como si quisiera que la besara?

–¿No se supone que soy yo el que te tiene que entrevistar a ti y no al revés?

–¿Entonces esto es una entrevista? –preguntó Sophie bajando la copa–. Creía que ya había conseguido el trabajo.

–Sí, lo has conseguido. Pero resulta curioso –dijo recostándose en la silla– que cuando le pregunté a Andy por tu pasado, no supiera nada de ti y que después de varios días en tu compañía, yo me encuentre exactamente en la misma situación. Eres todo un misterio, Sophie.

–Pensé que mi trabajo consistía en dar de comer a los chicos, no en entretenerlos con la historia de mi vida.

–Cierto. Aunque, al parecer, cuando llegaste no sabías distinguir una sartén de un cazo.

–Pero aprendí pronto.

–Ni sabías cómo cargar un lavavajillas.

Ella se encogió de hombros.

–Es que es un lavavajillas industrial.

–Y mirabas el abrelatas como si acabara de aterrizar del espacio.

–¡Vaya! ¿Cuánto tiempo habéis pasado Andy y tú hablando de mí?

–Lo suficiente.

–¿Y llegasteis a alguna conclusión?

–Yo sí.

–¿A cuál?

Él estiró las piernas.

–Llegué a la conclusión de que eres alguien que nunca antes había tenido que ensuciarse las manos y que, tal vez, hasta ahora había llevado una vida de privilegios.

Sophie se puso tensa. Qué perspicaz era, pensó con un repentino atisbo de miedo. Porque ¿no era eso lo que había estado temiendo? ¿Que el frío e inteligente inglés descubriera que no era quien aparentaba ser, que desvelara su tapadera antes de que ella estuviera preparada y la obligara a tomar decisiones sobre las que todavía no estaba muy segura?

«Pues desafíalo, igual que te está desafiando él a ti», pensó, y enarcando las cejas le preguntó:

—Pero ni los chicos ni tú tenéis ninguna queja sobre mi trabajo, ¿verdad?

A él se le iluminaron los ojos.

—¿Te están incomodando mis preguntas, Sophie?

—Más que incomodando, me están aburriendo, si te soy sincera —enarcó las cejas de nuevo—. ¿No me dijiste al llegar que preferías que te dejara tranquilo, que no querías que te diera conversación?

—¿Eso dije?

—Sabes que sí —le respondió en voz baja—. ¡Y ahora me estás haciendo justo eso a mí!

—Bueno, puede que haya cambiado de opinión. A lo mejor me estoy preguntando por qué una mujer joven y bella se está escondiendo en mitad del desierto australiano sin hacer ni una sola llamada ni recibir correos.

Ella se quedó paralizada.

—¿De qué estás hablando?

—Andy dice que no usas el teléfono, que no has recibido ni una sola carta o postal desde que estas aquí y que utilizas Internet muy de vez en cuando.

—No era consciente de que me tuvieran constantemente vigilada —dijo enfadada—. Mi vida es asunto mío.

—Por supuesto que lo es. Pero siempre me resulta intrigante la gente que se muestra reticente a hablar de sí misma.

Se preguntó cómo reaccionaría si le contara la verdad, si le dijera quién era en realidad. Supuso que no se mostraría sumiso y adulador con ella tal como hacía la mayoría de la gente al entrar en contacto cercano con un miembro de la realeza, y eso le resultaba muy tentador.

Aun así, no podía arriesgarse. Por muy normal que él pudiera llegar a mostrarse en semejantes circunstancias, las cosas cambiarían inevitablemente. Podría enfadarse y ¿qué pasaría si se lo contaba a sus amigos, esos a su vez a otros y al final la prensa acababa enterándose también? ¡Sería un desastre!

Pero fue algo más que su posible reacción lo que motivó que Sophie quisiera guardar el secreto: no quería renunciar a esa sensación de ser «normal», de sentirse como el resto del mundo. ¿Por qué no podía hablar de sí misma sin mencionar su estatus? A menos, claro, que ser princesa fuera lo único que la definiera como persona.

–¿Qué quieres saber exactamente?

Rafe dejó la copa a un lado y se recostó en la silla. No quería datos. La quería a ella. La había deseado desde el primer momento que se había girado y lo había mirado con esos enormes ojos azules. Quería devorar sus extraordinarios labios. Quería quitarle el vestido y ver qué deliciosos tesoros ocultaba debajo. Quería oírla gemir su nombre mientras se adentraba en ella...

¿Pero en qué demonios estaba pensando? No podía olvidar que se marchaba al día siguiente y que en una semana apenas recordaría el nombre de esa chica.

–No pasa nada, Sophie –dijo levantándose–. Tienes razón. Tu vida no es asunto mío –de pronto, sonrió–. Pero, si te sirve de algo, que sepas que estás haciendo un gran trabajo.

Sophie lo miró atónita, conmovida tanto por el cumplido como por su sonrisa. Tendía a no fiarse de las adulaciones porque normalmente la gente se las dirigía por protocolo y en un intento de congraciarse con ella, pero las palabras de Rafe eran auténticas. Él no sabía que era una princesa, le estaba diciendo todo eso porque lo pensaba. Su cumplido era genuino.

Y de pronto supo que tenía que alejarse de él antes de que otro pequeño gesto de amabilidad la hiciera ponerse patas arriba como un cachorrillo buscando que le acariciaran la barriga. Se levantó.

–Gracias. Te lo agradezco. Y para no manchar mi brillante historial, supongo que será mejor que termine de recoger todo esto.

Entró en la cocina para lavar las copas y se sintió decepcionada cuando él le dio las buenas noches y la dejó allí. La habitación le resultaba vacía sin él. Se sentía vacía sin él.

¿Qué había querido que sucediera? ¿Que le sacara las manos del agua enjabonada, la tomara en sus brazos y comenzara a besarla? Sí. Eso era exactamente lo que quería.

Frustrada, fue a su habitación y se dio una ducha rápida antes de meterse en la cama. Pero a pesar de lo mucho que había trabajado y de cuánto había madrugado, se pasó varios minutos tumbada y despierta en la oscuridad. Cada vez que cerraba los ojos, la imagen de Rafe, con su rostro anguloso y su poderoso cuerpo, la perseguía y esos ojos de acero la recorrían provocándole un cosquilleo en el estómago. Apartó la sábana de algodón de su acalorado cuerpo y puso en práctica todas las técnicas de relajación que conocía, aunque ninguna pareció funcionar hasta que finalmente se dio por vencida y salió de la cama.

Se acercó a la ventana y se asomó para contemplar la preciosa noche y la luna en el limpio cielo. Al ver el blanquecino brillo reflejado en la superficie de la piscina, de pronto la idea de salir a nadar para refrescarse le resultó irresistible.

Se puso el bañador, se calzó unas chanclas y salió sin hacer ruido. Encendió las luces de la piscina y se aseguró de que no hubiera ninguno de los sapos que a veces se colaban allí. Todo estaba en silencio; el único sonido era el del inquietante gorjeo de un zarapito en algún árbol lejano.

Se metió en el agua y nadó con movimientos fuertes y regulares, fruto de las horas que había pasado practicando en la piscina del palacio. Nadó hasta que sintió un agradable agotamiento. Estaba flotando boca arriba pensando en salir cuando oyó un chapoteo y se quedó paralizada al ver un poderoso cuerpo masculino buceando en su dirección desde el otro extremo de la piscina. Contuvo el aliento cuando el hombre emergió a su lado con su musculoso torso iluminado por la plateada luz de luna.

–¡Rafe! ¡Me has dado un susto de muerte!

–¿Quién creías que era?

–¡Un sapo! –gritó furiosa.

–Pues qué sapo tan grande –respondió él con una sonrisa.

Lo vio volver a sumergirse y nadar de un lado para otro. Tendría que haber sido de piedra para no reaccionar ante semejante visión y ella no era de piedra. ¡Ni mucho menos!

De pronto Rafe emergió de nuevo a su lado y sacudió la cabeza salpicándole con las gotas. Echó la cabeza atrás y miró hacia la resplandeciente bóveda de estrellas.

–Increíble, ¿no?

Sophie se obligó a seguir su mirada, a intentar concentrarse en las brillantes constelaciones cuando lo único que quería era contemplar la magnificencia de su cuerpo mojado. Estaba tan cerca. ¡Tan cerca! Se sentía excitada viéndose ahí, al borde de lo desconocido.

–Precioso –tembló, y no fue algo fingido–. ¿No empieza a hacer un poco de fresco? Será mejor que entre en casa.

–Por favor, no pretendía interrumpirte. Odiaría pensar que te vas por mi culpa o que mi presencia te molesta.

La tensión que llevaba días creciendo entre los dos ahora parecía estar llegando a su clímax. A Sophie apenas le entraba aire en los pulmones y era consciente de cómo la sangre le ardía con fuerza por las venas. Él se estaba acercando y ella no estaba haciendo nada para detenerlo. Era una locura y lo sabía. Pero aun así...

¿Por qué iba a detenerlo cuando casi la había matado mantenerse alejada de él? Nunca había hecho algo así. Nunca había estado a solas con un hombre de ese modo, medio desnuda y sin vigilancia; ni siquiera con el príncipe con el que había estado prometida en matrimonio porque su vida en Isolaverde había sido como vivir en la Edad Media. Se preguntó qué diría Rafe Carter si supiera que desconocía lo que era la seducción, aunque en realidad eso ahora mismo no le importaba porque por primera vez en su vida se sentía liberada de todo protocolo y era muy consciente de que no volvería a tener una oportunidad así.

Sumergió el cuerpo bajo el agua para que él no pudiera ver sus pezones erizados, pero Rafe no le estaba mirando los pechos. La estaba mirando a la cara. Bajo la luz de la luna le resplandecían los ojos con un intenso brillo que hizo que le diera un vuelco el estómago.

–¿Rafe? –preguntó con inseguridad.

–Ven aquí –respondió él con tono áspero.

Sophie supo que iba a besarla antes incluso de que la llevara contra sí, contra la humedad de su musculoso cuerpo. Sintió sus pechos contra su torso desnudo justo cuando la besó. Cerró los ojos mientras él intensificaba el beso y deslizaba el pulgar sobre su pezón a través del bañador, haciéndola gemir como si no se pudiera creer lo agradable que le estaba resultando la caricia. Porque nadie la había tocado antes. No así. Rafe deslizó la mano hacia su abdomen y ella se retorció con impaciencia; quería que la tocara ahí donde sentía tanto calor. Sus muslos se separaron como si su cuerpo estuviera programado para saber exactamente cómo responder y volvió a suspirar cuando él apartó la tela del bañador y coló un dedo en su interior.

–Rafe –exclamó entre gemidos y contra sus labios–. Oh, Rafe.

El modo en que pronunció su nombre pareció romper el hechizo erótico y cuando Rafe apartó la mano, se vio deseando que volviera a poner el dedo donde estaba.

–Quiero tener sexo contigo y está claro que tú sientes exactamente lo mismo, pero hay unas cosas que tienes que comprender.

A ella le palpitaba el corazón con tanta fuerza que se sentía como si se fuera a desmayar.

–¿Qué clase de cosas?

–Eres una de mis empleadas y yo no me acuesto con mis empleadas.

–Ah. Bueno, supongo que es algo muy honesto, cuando menos...

–Porque ante todo soy honesto, Sophie. Y si vamos a hacer esto, tiene que ser bajo mis condiciones.

–¿Y qué condiciones son esas?

–Una noche. Eso es todo –le dijo recorriéndola con la mirada–. Nada más. Ni citas, ni promesas, ni correos para saber cómo estamos. Ni regalos de Navidad, ni viajes sorpresa a Nueva York. Y tienes que tener claro que de mí no vas a recibir amor porque yo no me enamoro. Me voy de aquí mañana y será una despedida. ¿Entiendes lo que digo?

Sophie se mordió el labio inferior mientras reflexionaba sobre su pregunta. Se sentía atrapada por la luz de la luna, el deseo y la oportunidad que le había surgido a pesar de que el sentido común le decía que saliera corriendo de allí mientras pudiera.

¿Pero no había seguido siempre las normas y había hecho «lo correcto»? ¿Y adónde la había llevado eso? A verse abandonada por el príncipe que su pueblo adoraba y a convertirse en el hazmerreír de todos. La habían puesto en un pedestal desde el momento de su nacimiento. Era la princesa. La gente la podía mirar, pero nunca, nunca, la podía tocar. Sin embargo, Rafe la había tocado. Él no tenía la más mínima idea de quién era y, al parecer, tampoco le importaba porque al mirarlo lo único que podía ver era deseo en sus ojos y un cuerpo tenso que la estaba reclamando con el más primitivo de los instintos. La deseaba a ella, no a la princesa Sophie. Solo a Sophie. Y ella lo deseaba a él. No al multimillonario en su resplandeciente helicóptero sino al hombre que la estaba haciendo sentirse como una mujer de verdad por primera vez en su vida. Él. Rafe Carter.

–Lo entiendo –le respondió en voz baja.

–¿Así, sin más?

–Exactamente así. A lo mejor yo quiero las mismas cosas que tú, Rafe. Una noche. Sin ataduras.

Cuando él bajó la boca para volver a besarla, en sus

ojos vio un brillo depredador y ahora el beso estuvo marcado por cierta sensación de apremio que hizo que la sangre le ardiera.

–¿Entonces a qué demonios estamos esperando? –le preguntó Rafe con lujuria en la mirada y posando la mano con actitud posesiva sobre sus nalgas mojadas.

Capítulo 3

SIN QUE apenas se diera cuenta, Rafe la sacó de la piscina y le apartó de la cara unos mechones.

—Vamos adentro –le dijo con la voz algo quebrada.

Pero Sophie vaciló. Le parecía perfecto estar donde estaban. La aterrorizaba que apartarse de ese punto iluminado por la luz de la luna rompiera el hechizo.

—¿Por qué tenemos que ir adentro? –susurró.

Él soltó una suave y sedosa carcajada.

—Llámame anticuado, pero preferiría que la primera vez fuera en privado. A lo mejor eres una de esas mujeres que se excitan ante el riesgo de que alguien las pueda sorprender, pero si es así, no te preocupes. Te prometo que no necesitarás ningún extra para hacer de esta una noche para recordar –la besó–. Además, no he venido hasta aquí con una caja de preservativos. Habría resultado algo presuntuoso, ¿no crees?

La mención de un tema tan íntimo la dejó sin palabras y, de la mano, lo siguió por una entrada lateral hacia una zona de la casa por la que no había accedido nunca y que los llevaba directamente a las estancias privadas de Rafe. Tenía los pies húmedos por el agua y fríos por el suelo de mármol. Miró a su alrededor asombrada, como si se hubiera quedado dormida y hubiera despertado de pronto en otro país. Resultaba una incongruencia ver tanto lujo y opulencia en una estación de ganado en el desierto australiano. Un estudio abarrotado de libros antiguos daba paso a un enorme salón cuyas paredes estaban cubiertas por hermosos cuadros del país que él tanto amaba. De ahí, él la llevó a un cuarto de baño tan grande y ostentoso como cualquiera que pudiera encontrar en su palacio de Isolaverde, aunque con toques decididamente más masculinos.

–Es enorme –dijo atónita.

Él, que le estaba bajando un tirante del bañador, se detuvo y lanzó una pícara mirada de soslayo hacia su propia entrepierna.

–¿Ha sido eso una insinuación con la que halagarme?

Sophie rezó por que no pudiera ver el rubor de sus mejillas, por que no descubriera que para ella todo eso era nuevo.

–Me refiero a tu zona de la casa –respondió con cierto remilgo.

Él deslizó los dedos hasta el segundo tirante.

–¿Quieres decir que no has curioseado por aquí antes de que yo viniera?

–No...yo... eh... –se mordió el labio cuando Rafe deslizó la húmeda tela sobre sus pechos–. Claro que no.

Él agachó la cabeza para besar sus fríos pezones, atormentando así la sensible piel con el ligero roce de sus dientes. Sophie bajó la mirada y al ver el contraste del cabello oscuro de Rafe contra su pálida piel, hundió los dedos en sus húmedos mechones y se dejó invadir por un cosquilleo de placer.

Un repentino fervor lo recorrió cuando terminó de despojarla del bañador, se quitó el suyo y la secó con una toalla. Y antes de que ella tuviera tiempo para ser consciente de que ambos estaban desnudos, la levantó y la llevó a un amplio dormitorio donde la tendió sobre la enorme cama.

Ahí tendida y expuesta sobre las sábanas bajo la luz de la luna, Sophie se sintió casi como la ofrenda en un sacrificio, pero el ardiente deseo de su cuerpo fue lo suficientemente poderoso como para disipar cualquier inquietud. Además, era un hombre tan guapo. Poderoso y fuerte, con piernas largas y musculosas y caderas estrechas y con las nalgas de un tono ligeramente más claro que el de su resplandeciente piel cetrina. Se relamió los labios. Era la primera vez que veía a un hombre desnudo a excepción de las famosas estatuas que atraían en bandada a los turistas hasta el museo nacional de Isolaverde. Y, de todos modos, esos hombres desnudos estaban hechos de mármol y solían tener una hoja de parra cubriendo sus partes púdicas. En ese momento pensó que Rafe habría necesitado un ramo entero de hojas para cubrirse y que tal vez ella debería haberse sentido amedrentada por la enhiesta columna de su erección. Sin embargo, no fue así. Y cuando él se acercó más, ella se entusiasmó aún más.

—Vaya —exclamó Rafe deslizando un dedo lentamente desde su cuello hasta su ombligo—. Eres preciosa.

—¿Lo soy? —preguntó ella riéndose.

—Sabes perfectamente que sí. Te lo deben de haber dicho un millón de hombres.

Ese comentario hizo que la realidad se colara en la habitación, pero Sophie no quería la realidad. Quería sentir, no pensar. Quería sentir los dedos de un hombre sobre su piel. Intimar con un hombre que la deseara, no por su posición, sino porque los uniera una poderosa química que no pudieran negar.

—Ahora mismo no quiero hablar de otros hombres —dijo abrazándolo por el cuello.

Él le sonrió y le rodeó un pecho con posesiva arrogancia a la vez que adelantó la cadera para que pudiera sentir el duro roce de su erección contra su piel.

—Yo tampoco.

Comenzó a acariciarla y a explorarla lentamente con los dedos y Sophie contuvo un grito ahogado cuando con el pulgar le rozó ese sensible punto. Cada practicada caricia la iba sumiendo más y más en un lugar de placer casi inimaginable. Lo oyó reír cuando, entre gemidos, pronunció su nombre. Se sentía como si su cuerpo se estuviera abriendo ante él y cuando una intensa sensación la recorrió, comenzó a moverse nerviosamente, queriendo más. Y aunque él debió de percibir su impaciencia, se tomó su tiempo. La acarició hasta que comenzó a contonearse bajo su cuerpo y, aunque ella estaba deseando explorar su cuerpo también, le daba vergüenza tocarlo ahí. Porque ¿y si lo hacía mal? ¿Y si destruía la magia con torpes caricias? Buscó sus labios a la vez que alzaba las caderas para poder sentir el peso de su erección.

En ese momento, Rafe se apartó y metió la mano en un cajón de la mesilla de noche. Mientras, Sophie observaba cómo abría un pequeño envoltorio apenas incapaz de creer lo que estaba sucediendo. Después de tantos años esperando, guardando su inocencia para un hombre cuyos padres habían negociado con los suyos un matrimonio, estaba a punto de perder la virginidad en el anonimato del desierto australiano y con el hombre que le pagaba la nómina. Un hombre que detestaba la idea del amor. Y aun así, no le importaba. Era como si hubiera estado viviendo en una oscura cueva que estaba a punto de ser inundada por algo brillante y maravilloso.

Rafe la miró mientras se ponía el preservativo y le lanzó una sonrisa de complicidad. ¿Qué pensaría si supiera que era la primera vez que ella veía un preservativo y una erección? ¿Se quedaría decepcionado al saber la verdad? ¿No sería mejor decírselo ya?

El deseo se apoderó de ese atisbo de sentido común cuando lo rodeó por el cuello con sus brazos. Era algo que tenía que hacer para dejar atrás su inocencia y unirse a las filas de mujeres de verdad. Era lo que hacía la gente normal y moderna. Se conocían, se sentían atraídos entre sí y tenían sexo. ¿Por qué estropearlo revelándole todos sus complejos y poniendo en peligro su anonimato?

Sintió algo de miedo cuando Rafe se tendió sobre ella y dirigió su miembro hacia ese punto tan ardiente y resbaladizo. Intentó no tensarse cuando se adentró en su cuerpo, pero era tan grande que no pudo evitar emitir un grito ahogado. Por un momento él se quedó quieto y la miró con gesto de incomprensión.

–¿Eres...? –comenzó a preguntar con incredulidad.

–Sí –respondió Sophie alzando las caderas para dejarlo adentrarse más–. Pero no pares, Rafe. Por favor, no pares.

Rafe emitió un fuerte gemido al hundirse más en su calor. ¿Cómo podía parar cuando ella le estaba besando los hombros y apretando los músculos de la pelvis de un modo que casi lo hizo llegar al orgasmo al instante?

Sería solo una vez, se dijo, así que más le valía hacer algo que ella pudiera recordar como la mejor experiencia sexual de toda su vida. La única experiencia sexual que tendría con él. Conteniendo su propio deseo, comenzó a acariciarle el clítoris con el dedo a la vez que se hundía en ella y la hacía gemir de placer. Con cada penetración, los gritos de Sophie se volvían más fuertes.

–No hagas ruido –le ordenó–. No quiero que despiertes a los chicos.

Pero ella no podía estar callada, y menos cuando comenzó a sentir cada vez más placer. Rafe, consciente de que esos gemidos de sorpresa iban a convertirse en gemidos de éxtasis, agachó la cabeza para reprimirlos con un beso, pero el roce de sus labios pareció intensificar su propio orgasmo. Tanto que, de pronto, fue su gemido el que quedó contenido por los besos de Sophie.

La sintió contrayéndose a su alrededor, y solo cuando la naturaleza hubo acabado con él y lo había vaciado de toda su esencia, tuvo las fuerzas necesarias para apartarse y desviar la mirada del gesto de placer de Sophie. Para ignorar su melena revuelta y esa expresión de alguien que acababa de experimentar el sexo por primera vez. Porque, aunque quería lamerle los pechos y colar una mano entre sus muslos para provocarle otro orgasmo, no volvería a tocarla hasta que le diera alguna clase de explicación.

¡Virgen! Aturdido, sacudió la cabeza. ¿Quién iba a haberlo imaginado cuando había accedido a ello sin dudarlo? ¡Pero si estaba tan dispuesta que podían haberlo hecho en la piscina! Hasta suponía que le habría dado el visto bueno si la hubiera tendido sobre la mesa de la cocina donde cada mañana preparaba las tostadas. ¿Por qué no le había dicho que era virgen y así, al menos, él habría tenido la opción de elegir si quería o no ser el primero?

Por otro lado, había sido increíble. La mejor experiencia que podía recordar.

Una vez sintió que no se le quebraría la voz, se decidió a hablar. Sin embargo, un intenso calor volvió a apoderarse de su entrepierna al recordar cómo se había adentrado en ella.

–No hay duda de que eres una mujer llena de sorpresas. ¿No tendrás escondido nada más bajo la manga, verdad?

Sophie se quedó paralizada, no se atrevía a abrir los ojos por temor a lo que pudieran revelar. Pero se sentía completa y satisfecha. ¡Había tenido sexo! ¡Había tenido un orgasmo! Era igual que el resto de las mujeres y eso le daba esperanzas para el futuro, la hacía sentirse fuerte, como si fuera capaz de todo lo que se propusiera. Y Rafe la había tocado del mismo modo que siempre había soñado que un hombre la tocara. No de un modo reverencial, no tratándola como si fuera de porcelana, sino como a una mujer de verdad. Y antes de hacerle el amor, la había abrazado contra su pecho y eso la había maravillado tanto como el sexo porque no estaba acostumbrada al contacto físico. Esa noche la habían tocado más que en toda su vida.

Suspiró. No sabía si levantarse y ponerse a bailar para celebrarlo, aunque lo que más quería era deslizar los dedos sobre la sedosa piel de Rafe y hacer que la besara de nuevo, que se le borrara de la cara esa expresión de censura. Pero no se dejaría amilanar porque no tenía nada de lo que avergonzarse. A lo mejor debería decirle cuánto había disfrutado y entonces él le haría el amor otra vez.

Abrió los ojos y la invadió una intensa emoción al ver al hombre que hacía unos minutos había estado dentro de ella. Era el mismo, pero lo encontraba distinto de algún modo. Deslizó la mirada por su poderoso cuerpo desnudo bajo la luz de la luna y algo se derritió en su interior al sentir que el corazón le latía con fuerza. ¿Cómo era posible que lo deseara otra vez, tan rápidamente? ¿Y él? ¿La desearía también?

—Ha sido...

—No me lo digas... ¿Increíble? ¿Maravilloso? Las

mujeres suelen decir que «ha sido la mejor experiencia sexual de su vida», aunque supongo que en tu caso sería complicado comparar porque esta es la única experiencia que has tenido en tu vida.

Sophie se quedó muy quieta pensando en que tal vez él estaba hablando en broma, por mucho que fuera una broma de muy mal gusto, pero cuando lo miró a los ojos en ellos no vio rastro de humor y sí de irritación. De pronto el desencanto se apoderó de ella, pero no lo demostró y agradeciendo tantos años de aprendizaje social, lo miró con fría imparcialidad.

—Pareces decepcionado, Rafe. ¿Tienes algún problema con el hecho de que sea virgen?

—El mismo que tendría si me subiera a un coche con un conductor que no se hubiera molestado en decirme que aún está en prácticas.

Esas cortantes palabras rasgaron la poca alegría que le quedaba y Sophie se quedó mirando la pared del dormitorio iluminado por la luna.

—Gracias por la comparación —respondió escuetamente.

—¿Por qué demonios nunca has tenido relaciones sexuales? —preguntó Rafe sacudiendo la cabeza con incredulidad—. Eres joven y preciosa. Claramente, te apetecía y estabas muy dispuesta. Y, además, estamos en el siglo XXI.

Sophie tragó saliva. Había llegado el momento de aclarar las cosas.

«Puede que tú hayas estado viviendo en el siglo XXI, pero yo no porque nací como miembro de la realeza, me prometí con uno de los hombres más deseados del mundo y una parte del trato era que llegara virgen a mi noche de bodas».

Pero ¿y si de pronto él se interesaba por ella? Ya, no

parecía de esos, pero nunca se sabía. Muchas personas se sentían atraídas por los palacios, las coronas y los estatus que no se podían ni comprar ni ganar. ¿Y si decidía que la deseaba por lo que era y no por quién era? ¿No agravaría eso su ya debilitada autoestima?

De pronto sintió un embriagador deseo de enfrentarse a su arrogancia.

–A lo mejor solo estaba esperando a encontrar al hombre adecuado –dijo con inocencia y viendo cómo él se incorporaba en la cama y rápidamente se cubría la parte inferior del cuerpo con la arrugada sábana. Sin embargo, antes de que llegara a taparse, había tenido la oportunidad de ver que volvía a estar excitado y eso le produjo una pasajera sensación de triunfo.

–Creo que será mejor que dejemos una cosa clara, Sophie. Acabamos de disfrutar de un sexo increíble. Más que increíble, sobre todo tratándose de tu primera vez. No tienes suficiente experiencia para saberlo, pero deja que te asegure que es verdad –se detuvo como si quisiera elegir sus palabras cuidadosamente–. Pero yo no estoy dispuesto a asumir ningún compromiso y todo lo que te he dicho en la piscina lo he dicho en serio. Esto no cambia nada.

–Ah.

–No quiero que te hagas ilusiones, eso es todo. No soy de esos hombres que se estarían sintiendo locamente atraídos y orgullosos por el hecho de que fueras virgen. No significa nada para mí, y tú tampoco. Siento ser tan tajante, pero eso me ahorra muchos malentendidos. No estoy buscando pareja y, aunque así fuera, esa pareja no serías tú. Te he dicho que creo en la sinceridad y la honestidad y ahora estoy siendo sincero. Tenemos vidas diferentes –añadió casi con delicadeza–. Tú trabajas como cocinera durante una especie de año sabático y yo soy un director ejecutivo trotamundos. Piénsalo –esbozó una ligera sonrisa–. Jamás funcionaría.

¡Qué hombre tan arrogante! Sophie resistió la tentación de agarrar el objeto contundente más próximo y arrojárselo, pero entonces se dijo que comportarse así no mejoraría la situación y que perdería la poca dignidad que le quedaba. Por otro lado, al menos esa arrogancia hizo que le resultara más fácil tomar una decisión: no compartiría confidencias con ese hombre. No le contaría absolutamente nada sobre ella. ¿Por qué iba a hacerlo cuando estaba claro que él estaba deseando alejarse de su lado?

–Creo que eres un poco engreído –le dijo con frialdad al salir de la cama y recoger la toalla del suelo–. Estoy de acuerdo con cada palabra que has dicho. Esto no ha sido más que una increíble iniciación al sexo, así que gracias, pero quédate tranquilo porque yo tampoco estoy buscando ningún compromiso. Te lo he dicho en la piscina. A lo mejor debería haberte dicho que era virgen, pero no quería estropear el ambiente. Y ya que eres un ejecutivo trotamundos tan ocupado que mañana se marcha, será mejor que te deje en paz para que puedas dormir. Buenas noches, Rafe –le lanzó una sonrisa–. Dulces sueños.

Y satisfecha al ver su gesto de incredulidad, se dio la vuelta y salió del dormitorio.

Capítulo 4

RAFE se despertó con el insistente sonido del vibrador del teléfono y contuvo un gruñido al levantarlo. Era uno de los muchos móviles que tenía, pero el único cuyo número daba a las personas más cercanas. En la pantalla iluminada vio que la llamada era de William, uno de sus asistentes, desde Nueva York. Frunció el ceño. William se encontraba en una franja horaria completamente distinta y había recibido instrucciones estrictas de no molestarlo a menos que fuera absolutamente necesario.

Pulsó el botón para descolgar y esperó.

—¿Rafe?

—¡Por supuesto que soy Rafe! ¿Quién crees que iba a ser? ¡Son las cinco de la madrugada! —respondió de mala gana, afectado por el hecho de ver el bañador de Sophie tirado en el suelo del cuarto de baño y de que la imagen de su rostro lo hubiera estado persiguiendo y solo le hubiera permitido dormir durante la última hora.

Una ráfaga de calor le recorrió la entrepierna al recordar el sexo de la noche anterior y su precioso cuerpo tendido como un festín sobre sus sábanas, con esos enormes ojos azules mirándolo y esas largas piernas separadas invitándolo a tomarla. Y en ese momento era virgen, se recordó con pesar. Ni se había molestado en decírselo antes de restregar sus pechos húmedos contra él en la piscina.

Porque las mujeres tenían sus secretos, pensó con amargura. Cada una de ellas ocultaba cosas sin preocuparse por las consecuencias.

«Y en ocasiones esos secretos se convierten también en los tuyos y te van reconcomiendo por dentro hasta que no queda más que un oscuro y vacío agujero».

Se incorporó y agarró con fuerza el teléfono.

—Pensé que te había dicho que no me molestaras a menos que fuera absolutamente necesario.

—Esto es muy necesario, Rafe —respondió el hombre con tono serio.

Rafe se quedó paralizado porque aunque provenía de una de las familias más desestructuradas del mundo, eran una familia al fin y al cabo. Por otro lado, si alguien hubiera caído enfermo, no sería su asistente el que lo llamara, sino Amber o alguno de sus hermanastros.

—¿Qué pasa? ¿Hay alguien enfermo?

—No. Nadie está enfermo.

—¿Entonces qué? —preguntó con impaciencia.

Se produjo una breve pausa.

—Esa chica que tienes trabajando en la estación de ganado.

—Sophie —respondió Rafe al instante y se maldijo porque debería haber tardado más de un nanosegundo en recordar el nombre de una de sus empleadas itinerantes—. La cocinera.

—No es cocinera.

—Puede que solo posea unas nociones culinarias muy básicas, pero te aseguro que lo es.

—Es una princesa.

Hubo una pausa.

—William, ¿has bebido?

—Es la princesa de Isolaverde, una de las islas más

ricas del mundo. Oro, diamantes, petróleo, gas natural, uranio. Celebran competiciones de yates todos los años. Incluso...

–Me hago una idea, William. Y, además, he oído hablar de ese lugar. Sigue.

–Es joven y preciosa...

«¡A mí me lo vas a decir!».

–¡Que te limites a los datos importantes! –bramó.

–Estaba comprometida con un príncipe. El príncipe Luciano de Mardovia, conocido como Luc. Vivía en otra isla mediterránea y se conocen desde que eran niños. Justo antes de que se fuera a anunciar el compromiso oficialmente, él va, deja embarazada a una modista inglesa y se organiza un gran escándalo. Lo obligan a casarse con la modista, así que la boda con la princesa Sophie se tiene que cancelar. Y ese es el momento en el que ella desaparece.

–¿Desaparece? –repitió Rafe lentamente mientras iba digiriendo los datos importantes. Por un lado, el nombre de Luc le resultaba lejanamente familiar, y por otro lado, el más preocupante... ¿acababa de acostarse con una princesa virgen?

–Se volatiliza. Huye. Nadie estaba al tanto en realidad porque su hermano prohibió que se diera a conocer la información. Nadie sabía dónde estaba, al menos hasta ahora –otra pausa–. Saben que está en Poonbarra, Rafe.

–¿Y cómo...? –Rafe respiró hondo–. ¿Cómo demonios lo saben?

–Al parecer, Eileen Donahue, la encargada de la tienda de Corksville, reconoció a Sophie ayer. Dijo que, y cito textualmente, «se había arreglado mucho para variar» y que «le resultó familiar». Así que buscó en Internet, y adivina... Normal que le resultara familiar porque pertenece a la realeza y es muy conocida. Eileen contactó con uno de los periódicos de Brisbane y me temo que el resto es exactamente como te lo imaginas. Los periodistas investigaron y te llamo para decirte que en breve tendrás una delegación de la prensa mundial en tu puerta.

Rafe agarró el teléfono con tanta fuerza que oyó cómo le crujieron los nudillos.

—No podemos permitir que eso suceda, William —dijo en voz baja—. No quiero un circo invadiendo el pueblo. Poonbarra es un lugar íntimo, el único del mundo donde encuentro paz y tranquilidad garantizadas. Quiero que acabes con esta historia y que lo hagas ya mismo.

—No lo veo posible, jefe. Ya está corriendo por ahí.

—Pues entonces sácame de aquí antes de que lleguen —contestó con frialdad.

—A ver qué puedo hacer.

Rafe maldijo al cortar la comunicación y contuvo el deseo de aplastar el teléfono con la palma de la mano. Apartó la sábana, salió de la cama e intentó pensar con calma a pesar de que lo único que quería era ir a buscar a Sophie Doukas y decirle unas cuantas cosas. La ira se apoderó de él de nuevo. No solo le había ocultado su virginidad, sino que había obviado decirle que pertenecía a la realeza. ¡Una princesa a la fuga! Qué mujer tan falsa y maquinadora.

Aun invadido por el rencor y la rabia, podía olerla en su piel y saborearla en su boca. Solo pensar en ella lo estaba excitando, y por ello se obligó a darse una ducha de agua fría que no logró aplacar su calor del todo. A continuación se afeitó y el corte que se hizo no sirvió más que para aumentar su frustración.

Se puso una camisa y unos pantalones y salió a buscarla, pero ya que eran las seis de la mañana la casa estaba en absoluto silencio y no se oían ruidos desde la cocina. Cada vez más furioso, recorrió los tranquilos pasillos y llamó a su puerta, aunque lo que de verdad habría querido era abrirla de golpe.

Sophie, que ya estaba levantada y vestida, abrió la puerta inmediatamente. Llevaba unos pantalones de algodón y una camiseta y, aun así, al verla él solo pudo pensar en la magnificencia de su cuerpo desnudo y en el modo en que había gemido cuando le había separado las piernas y se había adentrado en ella. De nuevo, se enfadó consigo mismo por dejarse invadir por la lujuria cuando sabía que debía pensar en sus mentiras y subterfugios y no en su innegable atractivo físico.

—Rafe —dijo ella llevándose una mano nerviosa a la base del cuello.

—Oh, no te preocupes. No he venido buscando sexo.

—Ah. Entonces, ¿a qué has venido? —preguntó Sophie ladeando la barbilla con un gesto desafiante.

De pronto Rafe se preguntó cómo podía haber sido tan tonto. ¿Es que no había visto desde el principio que por supuesto ella era «alguien»? Un diamante en bruto, esa había sido su primera impresión al verla. Y si se paraba a pensarlo, su estatus de alta cuna había sido evidente en cada uno de sus gestos y movimientos, en su piel y su rostro perfectos y en su lustrosa melena. Era una princesa. ¡Por supuesto que lo era! Una princesa virgen a la fuga que lo había elegido como su primer amante. ¿Por qué?

—Aún sigo intentando entender qué pasó anoche, cómo dejaste que un absoluto extraño te quitara la virginidad. Y eso hace que me pregunte si hay algo más que no me has contado.

Sophie se quedó muy quieta porque algo en la mirada de Rafe le dijo que su juego había acabado ahí, que la había descubierto. Sin embargo, era imposible. Que hubiera estado dentro de su cuerpo la noche anterior no significaba que de pronto hubiera desarrollado la habilidad de leerle la mente, ¿verdad? ¿Cómo podía saberlo?

–¿A qué te refieres? –le preguntó con indiferencia.

–Cielo, ¿por qué a las mujeres os resulta imposible dar una respuesta directa? –le preguntó acercándose–. ¿Por qué mentís por sistema? Te he dado la oportunidad de contarme la verdad, pero... sorpresa, sorpresa... has elegido no aceptarla. Me refiero al hecho de que eres una princesa y que la prensa de todo el mundo sabe que estás aquí.

–No –susurró ella llevándose la mano a los labios.

–Sí.

–No lo pueden saber. Llevo meses aquí y me han dejado tranquila. ¿Cómo... cómo lo han descubierto?

–Al parecer, la mujer de la tienda de Corksville te reconoció.

Sophie sintió ganas de llorar. ¿Cómo podía haber sido tan estúpida? ¿Por qué no había actuado como siempre y había ido a la tienda con ropa corriente y el pelo oculto bajo un gran sombrero? Pero no. Había visto a Rafe Carter y su orgullo femenino había sido demasiado fuerte como para resistirse a él. Y así, por primera vez desde que estaba allí, se había puesto un vestido, se había aplicado máscara de pestañas y se había dejado el pelo suelto. La vanidad y el deseo habían sido su perdición. Había renunciado a su disfraz habitual y alguien la había identificado. Ella era la única culpable de todo.

A pesar de todo, no era momento para lamentaciones. Era momento de pensar qué hacer.

–Lo siento.

–Es un poco tarde para eso.

–¿Qué quieres que diga? –le preguntó entrando de nuevo en su dormitorio–. Discúlpame, tengo muchas cosas que hacer.

Pero Rafe la había seguido y la estaba agarrando de la muñeca, e incluso entre tanta confusión y miedo, incluso así, Sophie sintió cómo su cuerpo reaccionó ardientemente ante su roce. Quería que la acercara a sí, que la volviera a besar, que hundiera la lengua en su boca y su erección en su cuerpo y le hiciera sentir todas esas cosas que le había hecho sentir la noche anterior.

–Lo que no entiendo es cómo llegaste hasta aquí. Una princesa viajando desde Isolaverde hasta la costa este de Australia sin que nadie se entere.

Sophie apartó la mano y vio las leves marcas que sus dedos le habían dejado en la muñeca. Ahora el viaje que había hecho hasta allí le parecía un sueño, algo sacado de una película de aventuras. ¿Y por qué no contárselo? Sin duda, reforzaría el hecho de que había sido valiente y resiliente y podría volver a serlo si creía en sí misma.

–El hombre con el que me iba a casar dejó embarazada a otra mujer.

–Eso me ha contado mi asistente.

–Supuso el mayor escándalo que habíamos vivido en años y todo el mundo daba su opinión al respecto. Estar en la isla en esas circunstancias me estaba resultando claustrofóbico y supe que tenía que irme, alejarme de guardaespaldas, de doncellas y de gente moviéndose sin parar a mi alrededor. Solo quería estar sola por primera vez en mi vida, recuperarme y decidir qué hacer. Pero sobre todo, quería sentirme como una persona normal por una vez, liberarme de tanto boato real y hacer algo por mí misma.

–No me interesan los motivos psicológicos que se encuentran detrás de tus actos –le dijo con frialdad–. Me interesan más los detalles prácticos.

–Mi hermano estaba de viaje de caza, así que le dejé una nota diciéndole que me marchaba y que no intentara buscarme. Después convencí a uno de los pilotos del palacio para que me llevara a la costa oeste de Estados Unidos.

–¿Y cómo demonios lo convenciste para que lo hiciera?

–No debería hacer falta mucha imaginación para averiguarlo. Hice que le valiera la pena.

–¡Claro, cómo no! Pues debiste de pagarle mucho dinero –dijo con cinismo–, porque imagino que haberte llevado hasta allí tuvo que suponer el final de su carrera como piloto de palacio.

–¡Yo no lo obligué a hacerlo! Lo hizo encantado.

–Bueno, ¿y qué pasó después? –preguntó con dureza.

–Me llevó a uno de los puertos californianos más pequeños y me presentó a un amigo suyo, un hombre llamado Travis Matthews, que tenía un barco lo suficientemente grande como para cruzar el Pacífico. Y así fue como lo hice.

Ahora la estaba mirando con incredulidad.

–¿Cruzaste el Pacífico?

–Soy buena marinera –respondió a la defensiva–. Me encantan los barcos más que ninguna otra cosa y, además, había una tripulación de seis personas, así que yo solo era un añadido. Tardamos semanas. Fue...

–¿Fue qué?

Sophie tragó saliva. Eso era lo que había aliviado su

ego y su orgullo heridos y lo había puesto todo en perspectiva: la pura belleza de estar en el mar, el cambiante océano y las brillantes estrellas por la noche, y una sensación de libertad que no había conocido antes. Había sido una experiencia emocionante que nunca olvidaría.

Miró las esculpidas líneas del rostro de Rafe y sus ojos de acero, que la noche anterior se habían oscurecido de deseo pero que hoy resplandecían de furia. ¿Por qué contarle cosas que lo aburrirían? Mejor ceñirse a los detalles «prácticos».

—Fue una experiencia interesante.

—¿Y cuando llegaste a Australia qué pasó?

—Atracamos en Cairns, donde Travis tenía un contacto que me recogió y me trajo hasta aquí. Durante el trayecto paramos en una tienda y me compré todo un vestuario nuevo.

—¿Ropa de saldo? —le preguntó él secamente con una mirada sardónica.

—Exacto. Nada que pudiera llegar a identificarme. ¿Y sabes qué? Que eso también resultó una liberación. Llevar algo parecido a la ropa que llevaba la cajera me hizo sentir como si fuera igual que el resto del mundo por primera vez en mi vida.

—Con la diferencia de que las cajeras no tienen un fondo multimillonario que financia sus pequeñas aventuras —dijo Rafe con sarcasmo y al instante se le ocurrió preguntar—: ¿Sabías que esta estación de ganado era mía?

—¿Por qué lo preguntas?

—Basta de mentiras y evasivas, Sophie. Dime la verdad.

—Sí, había oído que era tuya.

—¿Cómo?

–El hombre con el que tenía que casarme es el príncipe Luc y el marido de tu hermana Amber es un marchante de arte que le vendió un cuadro en una ocasión. Luc me contó que Conall Devlin se iba a emparentar con la familia Carter y que todos estáis esparcidos por el mundo y que apenas os relacionáis. Me dijo que eras un importante empresario que tenía una estación de ganado enorme.

–¿Y te gustó lo que oíste de mí, no? –le preguntó con arrogancia.

–En absoluto. Lo que me atrajo fue el hecho de que nunca estabas aquí. Por lo que había hablado con Travis, sabía que en la mayoría de estaciones se contrata a cocineros y pensé que podría aprender yo sola.

–Pero aquí ya teníamos una cocinera trabajando.

Ella se sonrojó un poco.

–Lo sé. Pero quedé con ella para tomar una copa y...

–Deja que adivine. ¿Le ofreciste dinero para que se marchara antes de lo planeado?

–Así es –respondió ruborizada.

–Oh, Sophie. Qué fácil te resulta engañarte a ti misma. Para decir que quieres ser igual que el resto del mundo, lo único que haces es comprar todo lo que quieres.

–¿Me estás diciendo que tú nunca has usado tu fortuna para hacer exactamente lo mismo?

Rafe se tensó al ver su mirada desafiante y una sensación de pesar lo recorrió. ¿Cómo reaccionaría si le dijera que las únicas cosas que había querido en su vida eran cosas que el dinero jamás podría comprar? Cosas que no tenían precio, cosas que había perdido y que no podría recuperar nunca. Sacudió la cabeza.

–Es tu historia, no la mía –dijo con amargura–. Continúa.

–Ya te he contado todo lo que necesitas saber –Sophie se acercó al armario para bajar una enorme mochila que tiró sobre la cama–. ¡Consuélate con el hecho de que no tendrás que soportarme mucho tiempo más!

–¿Qué crees que haces?

–¿A ti qué te parece que hago? Me marcho. No puedo quedarme aquí –dijo abriendo un cajón y sacando una pila de camisetas que empezó a guardar en la mochila–. Si me quedo, te daré demasiados problemas.

–¡Oh, por favor, no me vengas con esas! No creo que quieras marcharte por una cuestión de bondad, ¿verdad que no, señorita princesa?

Sophie captó la malicia en su voz y pensó en cómo la había tocado la noche anterior, en cómo la había hecho sentir tan segura y protegida. Recordó el modo en que había temblado de placer mientras él le había explorado la piel con los dedos y la boca; el modo en que había gemido con cada una de sus caricias. Había tardado mucho tiempo en tener relaciones sexuales y lo había hecho por motivos complejos, pero Rafe Carter había resultado ser el amante perfecto, incluso por mucho que ahora la estuviera mirando como si fuera un detestable insecto que se había encontrado aplastado en la suela del zapato.

–¿Te parece justo criticarme porque haya nacido con un título, por algo que se escapa completamente a mi control?

–¿Preferirías que te criticara por tus engaños? ¿Por no decirme quién eras en realidad?

–¡Es que no te lo podía decir! ¿Cómo iba a hacerlo? No se lo podía decir a nadie porque entonces me habría resultado imposible quedarme aquí. Lo habría cambiado todo.

–Y, por supuesto, si me hubieras contado el dato

sobre tu falta de experiencia sexual, entonces al menos habría tenido la opción de elegir si quería o no que me usaras como amante experimental en tu aventura alrededor del mundo.

–¡No fue así! –gritó con fuerza.

–¿No? ¿Entonces me elegiste por el vínculo tan estrecho que habíamos forjado en menos de una semana?

–La verdad es que simplemente me dejé llevar. ¿Y no olvidas que en lo que pasó anoche éramos dos los implicados? ¿O es que prefieres olvidar el papel que desempeñaste tú?

–¿Entonces cumplía todos los requisitos, Sophie? ¿Rico, soltero, atractivo y por lo tanto el candidato perfecto para darle a la princesa rechazada su primer placer sexual?

–Eres un bastardo –susurró con voz temblorosa, aunque Rafe Carter no pareció inmutarse lo más mínimo por su primer uso en público de un improperio.

–Sí, durante un tiempo lo fui. Mi padre no se casó con mi madre hasta tres días después de que yo naciera y en realidad no debían ni haberse molestado.

En ese momento, comenzó a vibrarle el teléfono. Lo sacó del bolsillo y escuchó mientras Sophie seguía haciendo el equipaje.

–¿Adónde piensas ir? –le preguntó tras finalizar la llamada.

Ella no lo miró, le aterrorizaba no poder ocultar su vulnerabilidad.

–No lo he pensado.

–Bueno, ¡pues empieza a pensarlo! Ahora no te protege tu estatus real, Sophie. Estás en mitad de Queensland con una oferta de medios de transporte muy limitada que ni siquiera se podrá solucionar por mucho dinero que ofrezcas. Era mi asistente. Dice que tu presencia en mi casa está generando mucho interés entre la prensa, sobre todo porque estoy a punto de lanzarle una oferta a una de las compañías telefónicas más grandes de Malasia y ha habido mucha oposición al acuerdo. Así que muchas gracias.

—Siento que esto te haya perjudicado porque en ningún momento tuve la intención de que así fuera. Pero pronto saldré de tu vida, Rafe, y podrás olvidar lo que ha pasado.

Cuando cerró la mochila y se apartó el pelo de sus sonrojadas mejillas, Rafe recordó cómo se había movido la noche anterior, el roce de su vello púbico contra sus dedos, el latido de su corazón. Recordó cómo había aplacado con besos sus gritos de placer y lo invadió un intenso deseo al visualizarse tendiéndola en la cama y arrancándole esos feos pantalones para volver a tomarla otra vez.

—Ojalá fuera así de sencillo. ¿Cómo crees que repercutirá en mi reputación que te deje aquí sola entre las hordas de periodistas que van a empezar a llegar?

—¡Dios no quiera que yo manche tu reputación!

—Puede que a ti no te importe mi reputación, cielo, pero a mí sí. Y no voy a dejar que vayas sola a ningún sitio.

—Eso suena a orden y lo detesto —respondió ella ladeando la barbilla con gesto desafiante.

—Al menos en eso no te equivocas porque si es lo que hace falta para que entres en razón, entonces sí, es una orden. ¿Qué pasa, princesita? ¿No estás acostumbrada a que te digan lo que tienes que hacer?

—Para que lo sepas, me he pasado toda la vida escuchando lo que puedo y no puedo hacer y esta es la primera vez que he podido tomar una decisión por mí misma. Así que, por favor, no te preocupes por mi seguridad, Rafe. Puedo hacer que vengan hasta aquí unos guardaespaldas para cuidar de mí.

–¿Y cuánto tardarán? Eso teniendo en cuenta que tu séquito sepa desenvolverse por aquí, lo cual dudo. La situación podría complicarse mucho con un grupo de gente sufriendo golpes de calor o llevándose sustos al toparse con algún animal que no hayan visto en su vida. ¿Es eso lo que quieres?

Sophie se mordió el labio. No sabía qué quería. Bueno, en cierto modo sí, aunque era una estupidez. Quería retroceder en el tiempo para volver a estar en sus brazos, quería volver a sentirse como una mujer normal. Pero eso ya nunca sucedería.

–No lo sé –admitió con la voz quebrada.

Rafe no se dejó conmover por ese inesperado gesto de vulnerabilidad porque todo era fachada, todo en ella era falso.

–Vas a tener que venir conmigo y puede que nos hagamos un favor mutuamente.

–¿Ir adónde? ¿Y qué clase de favor? –preguntó con desconfianza.

Rafe miró el equipaje y pensó que, como sucedía con todas las malas situaciones, podía sacarle alguna ventaja. ¿Llevar a Sophie al bautizo de su sobrino no podría aplacar un poco la insoportable idea de volver a ver a Sharla? Porque la preciosa princesa eclipsaría la presencia de una de las modelos más famosas del mundo.

Una presencia que lo torturaría por el recuero de lo que esa mujer había hecho.

–A Inglaterra. Tengo un bautizo que no puedo eludir. Es la primera vez que los Carter se van a reunir en mucho tiempo y no es algo que me haga mucha ilusión.

–¿Por qué no?

–El porqué no es asunto tuyo. Digamos que las reuniones familiares nunca han sido lo mío, pero podrías ser mi acompañante. Así, tú sales de aquí y yo consigo a alguien que pueda desviar la atención que voy a generar allí.

–Pero yo no quiero ir a Inglaterra a un bautizo de tu familia, y mucho menos quiero ser tu «acompañante».

–¿No? ¿Y entonces qué vas a hacer?

Sophie buscó una respuesta apropiada, pero tuvo que admitir que sus opciones eran limitadas. Siempre lo eran. No quería irse a casa, todavía no, cuando todo su país seguiría mirándola con lástima. ¿Viajar con Rafe no evitaría que la prensa se acercara demasiado mientras decidía qué paso dar a continuación? ¿No había demostrado que podía trabajar duro y ser resolutiva? Era joven y fuerte y ahí fuera había un mundo enorme. ¿Por qué no aprovechar la oportunidad para decidir cómo afrontar mejor su nueva vida?

Lo miró sin poder olvidar las duras palabras que le había dirigido, pero algo le decía que junto a él estaría a salvo. Y no porque tras lo sucedido la noche anterior compartieran una conexión especial sino porque era un hombre fuerte y poderoso. Y un hombre así te podía proteger, pensó con melancolía. Aunque también podía hacer que lo desearas, por mucho que supieras que desearlo era lo último que necesitabas.

Aunque no podía hacer nada por detener la excitación que comenzó a recorrerle todo el cuerpo, hizo todo lo que pudo por no pensar en ello. La propuesta de Rafe tenía sentido, pero solo podía aceptarla si la tomaba en sentido literal y no iba más allá. No debía empezar a hacerse ilusiones con cosas que Rafe Carter jamás le daría porque, aunque la hubiera llevado al cielo la no-

che anterior, esa mañana su mirada era fría y poco cor-
dial.

«No le gusto», pensó.

Y aunque la opinión de Rafe no le importaba, ¿no
resultaba curioso que le pudiera hacer daño?

Capítulo 5

ACUARENTA mil pies sobre el mar de China Meridional, y deseando romper las horas de interminable silencio, Sophie se giró hacia la figura sentada a su lado.

–Me sorprende que no tengas guardaespaldas.

Rafe levantó la mirada de los documentos que estaba leyendo y, claramente irritado por la interrupción, respondió:

–¿Por qué demonios iba a tener yo guardaespaldas?

–¿Y por qué no? Viajas como un miembro de la realeza –dijo señalando todo el lujo que los rodeaba–. Nadas en la abundancia. ¿No te preocupa que alguien intente raptarte y apoderarse de tu enorme fortuna?

–Tengo cinturón negro de kárate y de judo. Me gustaría ver cómo alguien lo intenta.

Cuando Rafe volvió a centrar su atención en los documentos, ella giró la mirada para contemplar las nubes al otro lado de la ventanilla. Desde que habían salido de Poonbarra, el trayecto había sido tan lujoso que en ocasiones se había sentido como si volviera a formar parte de una comitiva real. Aun así, había sentido mucha pena por tener que despedirse del lugar donde todos la habían aceptado tal como era. Para ellos había sido una mujer corriente que había aprendido a cocinar, a fregar los suelos y a poner un lavavajillas, y había estado temiendo el momento de tener que confesarles su identidad porque sabía que eso lo cambiaría todo. Sin embargo, se había equivocado porque, tras enterarse de la verdad, los hombres apenas se habían inmutado y le habían dicho que deseaban que no tuviera que marcharse. Y cuando el coche había partido de Poonbarra para siempre, se le habían saltado las lágrimas ante la idea de dejar atrás una paz y una libertad que no volvería a disfrutar jamás.

Habían volado hasta Brisbane, donde los esperaba el jet privado de Rafe. Él le había hecho telefonear a su hermano para decirle que viajaría hasta Inglaterra bajo su protección. Y aunque Myron se había enfadado, había quedado claro que se sentía aliviado de poder hablar con ella después de tanto tiempo y de comprobar que estaba «en buenas manos».

Ahora volaban hacia el Reino Unido y le parecía irreal. Era irreal. Se dirigía a Inglaterra a conocer a la familia de un hombre que no podía soportarla y ella ni siquiera sabía qué haría después. Se le cayó el alma a los pies. Todo había marchado bien hasta que Rafe había aparecido en Poonbarra. Había pensado que tendría un par de meses más antes de tener que tomar decisiones importantes sobre su futuro, pero la seducción de Rafe Carter lo había cambiado todo. ¿Debería preguntarle cómo volar hasta Isolaverde una vez terminara la ceremonia del bautizo? Miró su altanero y esculpido perfil. Tal vez no era el momento. ¿Por qué no mejor ir preparándose para lo que tenía por delante?

—Tal vez deberías contarme algo sobre tu familia.

—¿Algo como qué? —preguntó él con un gesto no demasiado amable.

—Ayudarían algunos datos como, por ejemplo, quién asistirá al bautizo y esa clase de cosas.

Responder preguntas de naturaleza personal era algo

que Rafe normalmente evitaba y, además, no tenía ganas de hablar con Sophie. Seguía enfadado con ella.
Por su engaño, por no decirle quién era en realidad. Por
acercarse a él y no decirle que era virgen. Y aun así,
solo podía pensar en cuánto deseaba tener sexo con ella
a la luz del día, con el sol colándose por las ventanillas
del avión e iluminando su cremoso cuerpo. Se le hizo
un nudo en la garganta al imaginarla arqueando esa
elegante espalda, esas largas piernas tensándose al llegar al éxtasis. No solía hacer viajes largos con sus amantes porque verse atrapado con ellas en un espacio tan
cerrado durante tantas horas implicaba elevadas posibi-
lidades de aburrimiento, pero en esta ocasión no había
tenido elección.

Apartando sus eróticos pensamientos, la miró a los
ojos.

—Es el bautizo de mi sobrino.

—Ya. ¿Pero es el hijo de tu hermano o de tu hermana?

—De mi hermanastro. De uno de ellos.

—Vale. ¿Y cuántos hermanastros tienes?

Apenas conteniendo un suspiro de irritación, Rafe
soltó el bolígrafo.

—Tres, al menos que yo sepa. Y una hermanastra que
se llama Amber.

—¡Vaya, cuántos! ¿Cómo es posible?

—Porque a mi padre le gustaban las mujeres. Ambrose Carter debió de ser un encanto en su época y
probablemente por eso se casó cuatro veces y yo tengo
tantos hermanastros. Están Amber, Chase, Gianluca y
Nick, que es el que acaba de tener al bebé, o bueno,
más bien lo ha tenido su mujer, Molly.

—¿Y todos van a estar allí?

—Todos menos Chase. Está en Sudamérica, a medio

camino del Amazonas. Los padres de Molly están muertos –se produjo una breve pausa–. Pero su hermana gemela sí estará allí. Como te he dicho, es complicado.

–De acuerdo. ¿Y tu padre, Ambrose, tiene buena relación con sus hijos?

–Toda la que le permiten las madres de sus hijos –respondió esbozando una ligera sonrisa–. Porque el bienestar de un hijo recae principalmente en la madre, ¿verdad? Y una mujer que se casa con un hombre por el tamaño de su cartera probablemente no sea la clase de persona que anteponga el bienestar de su hijo a todo lo demás.

–¿Y tu madre... tu madre fue esa clase de mujer?

–Se podría decir que sí. Mi madre era la clase de mujer por quien se acuñó el término «cazafortunas».

–Lo siento.

–¿Por qué lo sientes? Es lo que me ha tocado y he aprendido a vivir con ello.

–¿Y fue... duro?

Por un momento él pensó en ignorar sus preguntas, pero entonces se recordó que era un tema que tenía superado.

–Gran parte de su comportamiento fue desconsiderado y yo tuve que defenderme solo durante mucho tiempo. Pero supongo que eso es algo que escapa a tu entendimiento.

–¿Qué quieres decir?

–Que imagino que siempre has estado protegida del aspecto más sórdido de la vida.

Sophie detestaba que diera tantas cosas por sentado, justo como hacía la mayoría de la gente. Como si la riqueza material que acompañaba a un título real te hiciera inmune al dolor y sufrimiento al que se tenía que enfrentar todo ser humano. Como si una no tuviera imaginación para darse cuenta de cómo eran las vidas de la mayoría de las personas.

—Sí, solo soy una pobre niña rica. Si me arañas, sangraré petróleo.

—Si intentas que me compadezca de ti, Sophie, no te molestes.

—Dudo que tengas un ápice de compasión en tu cuerpo. La gente piensa que es muy fácil ser princesa, que te pasas todo el día por ahí pavoneándote con una corona de diamantes.

—Pobrecita de ti —se burló Rafe.

Ella lo miró; quería hacerle ver la realidad, quería que entendiera en lugar de juzgar.

—Intenta imaginar lo que es no poder ir nunca a ningún sitio sin que la gente sepa quién eres. Que todo el mundo esté pendiente de escuchar lo que dices para luego poder contar a sus amigos, o a periodistas, lo que interpretan que tú has dicho. Imagina lo que es que la gente observe cada uno de tus movimientos, que te analice, que te evalúe, que esté pendiente de tu peso, de dónde has comprado un traje y cuánto te ha costado, y que decida que el color no te sienta bien o que te hace gorda... para luego escribir un artículo entero al respecto. Imagina lo que es que todo el mundo sepa que te has estado reservando para tu príncipe de cuento de hadas y que, en el último momento, él decida vivir su propio cuento de hadas con otra y con el bebé que van a tener juntos.

—Entiendo que eso haya sido difícil.

—Imagina lo que es que la dulce mujer a la que le compraste un par de pendientes ahora esté utilizando tu fotografía en su página Web para promocionar su marca.

—Bueno, eso me lo puedo imaginar muy bien porque

me estás hablando de que la gente no resulte ser lo que aparenta. ¿Te suena de algo, Sophie?

–Creía que ya te había explicado por qué no te dije quién soy.

–Simplemente estoy asombrado de haberme creído tu historia. Asombrado de haber llegado a pensar que eras distinta a las otras mujeres, pero no lo eres, ¿verdad? Así que creo que es hora de que empiece a tratarte como sé que a las mujeres les gusta que las traten...

Y con eso, la sentó sobre su regazo. Sophie abrió los ojos de par en par al sentir su dura erección contra sus pantalones.

–¿Rafe?

–¿Te gusta?

Quería decirle que no, pero el ardiente deseo que le recorría el cuerpo era lo suficientemente poderoso como para hacerle olvidar su rabia y sus burlas. Lo único que quería era acercarse a ese palpitante miembro que tanto placer le había dado la noche anterior.

–Rafe –repitió con dificultad.

–Shh. No tienes que decir nada.

Deliberadamente, él ladeó la pelvis para que ella pudiera sentir su erección. A Sophie se le secó la garganta de pronto. Era aterrador y emocionante al mismo tiempo. La situación la estaba excitando, pero sobre todo la estaba ayudando a olvidar el dolor que le producía pensar en el bebé de Luc, porque ese era un tema que no había superado por mucho que lo había intentado.

–Sigo muy enfadado contigo, Sophie, pero eso no impide que te desee. ¿Sientes cuánto te deseo?

–Yo... sí...

–Y tú me deseas, ¿verdad? ¿A pesar de que estás intentando resistirte?

Aun odiándolo por su perspicacia, se vio incapaz de apartarlo.

–Sí –respondió entre dientes.

–Pues entonces será mejor que hagamos algo al respecto, ¿no? Y que lo hagamos rápido.

Ahora el nivel de excitación le resultaba insoportable. Sintió un meloso calor descendiendo hasta su vientre, pero cuando él posó una mano sobre uno de sus pechos, de pronto no pudo olvidar las convenciones sociales.

–¿Y... la tripulación?

–No dejes que tu preciosa cabecita se preocupe por la tripulación. Saben que no deben molestarme a menos que yo los llame. ¿Satisfecha? –le preguntó Rafe alzándole la camiseta y dejando expuesto el sujetador de algodón comprado en una tienda de saldos. La oyó gemir cuando deslizó el pulgar sobre ese pezón que rozaba desesperadamente la fina tela–. Porque yo no lo estoy.

Cuando le quitó la camiseta y la tiró al suelo, ella le preguntó:

–Supongo que esto lo haces continuamente, ¿no? ¿Hacer el amor en los aviones?

Rafe, que estaba a punto de desabrocharle el sujetador, se detuvo y con una mirada oscurecida por una emoción que iba más allá del deseo, respondió:

–No preguntes. Y no supongas tanto, porque si no puedes disfrutar esto por lo que es, entonces no sucederá. ¿Entendido?

Y entonces ella reaccionó. ¿A quién le importaba cuántas mujeres hubieran pasado por allí antes que ella o cuántas la seguirían inevitablemente? ¿Por qué no podía vivir el momento sin más y aceptar lo que le estaba ofreciendo? Y lo que le estaba ofreciendo era sexo. Un sexo increíble y maravilloso por segunda vez en su vida.

–Sí –susurró–. Sí.

Él no dijo nada más, simplemente le desabrochó el botón de los vaqueros antes de bajarle la cremallera y colar la mano bajo el elástico de su ropa interior. Su dedo corazón se enroscó deliciosamente en la suavidad de su vello antes de comenzar a acariciar rítmicamente la húmeda y resbaladiza piel. Al sentirlo, ella no pudo contener un pequeño grito de placer.

–¡No! –le dijo Rafe deteniéndose–. Elegí a mis empleados por su discreción, pero lo último que quiero es darles un numerito dejando que grites y gimas cuando te haga llegar al orgasmo. Así que o disfrutas esto en silencio o a los dos nos esperará un viaje muy frustrante.

Sus palabras le resultaron tan escandalosas que Sophie se vio tentada a decirle que lo olvidara, pero la sensación de sus dedos contra su excitada piel era mucho más tentadora y de pronto el poco orgullo que le quedaba se marchitó bajo el calor de su deseo. ¿Sintió él su capitulación? ¿Por eso a continuación la tendió en el suelo con una sensual destreza que la maravilló y le bajó los vaqueros y la ropa interior hasta los tobillos? Ella esperaba que se los quitara, pero Rafe sacudió la cabeza en respuesta a esa pregunta que no le había llegado a formular.

–No. Los vaqueros se quedan. Podrás separar las piernas, pero no del todo. Te hará sentir... audaz, que es exactamente como me siento ahora mismo.

Él se bajó los pantalones y se situó entre sus piernas.

–Tienes que probar el sexo sucio.

–¿Su... sucio?

–Ajá –se puso un preservativo–. Furtivo, a medio vestir y muy... –se adentró en ella– apresurado.

Al sentirlo tan dentro, Sophie se aferró a sus anchos

hombros y su cuerpo comenzó a acompasarse a sus movimientos. Rafe seguía vestido prácticamente del todo y eso aumentó aún más su excitación. Una parte de lo que estaba experimentando era como lo de la noche anterior, ese regocijo y esa aceleración de placer, pero otra parte era radicalmente distinta. Y él tenía razón. El hecho de que los vaqueros le estuvieran restringiendo el movimiento no hacía sino convertir la experiencia en algo más excitante. Era su prisionera, pensó. Su voluntariosa prisionera.

Alzó la cara y lo buscó con los labios, anhelando un beso que contuviera los gemidos que se le acumulaban en la garganta. Aunque había otros motivos para querer besarlo: le gustaba cómo la hacían sentir sus labios porque, incluso aunque solo fuera una ilusión, la hacían sentirse mimada. Pero ya era demasiado tarde para besos porque de pronto su cuerpo comenzó a sacudirse y él empezó a moverse con más fuerza dentro de ella conteniendo un bronco gemido.

Sophie esperaba que dijera algo que implicara el fin de las obvias hostilidades que seguían bullendo entre los dos, algo que demostrara que lo que acababa de suceder había sido fantástico. Otra vez.

—Será mejor que nos movamos y nos refresquemos un poco —le sugirió Rafe con voz suave y dándole una delicada palmadita en la nalga—. Y después pediré que nos traigan un café.

A ella se le encogió el corazón de decepción al ver su desconsiderada reacción, pero se aseguró de no mostrarlo y en silencio agarró la mochila y entró en uno de los baños. Salió un momento después con el cabello cuidadosamente peinado y una camiseta limpia metida por dentro de los vaqueros.

—Vas a necesitar algo que ponerte para la ceremonia

porque imagino que no llevarás nada apropiado dentro de la mochila, ¿no?

—Me temo que no, nada —le respondió forzando una sonrisa y deseando que no la estuviera mirando con semejante frialdad—. Me dejé todas mis sedas y satenes en el palacio.

—En ese caso, me pondré en contacto con uno de mis asistentes para que te lleven al aeropuerto algunas prendas más apropiadas —se detuvo—. Y mientras tanto, tal vez podrías encontrar algo con lo que entretenerte durante el resto del vuelo. Algo que no sea ni estar lanzándome miradas seductoras con esos ojazos azules ni hacerme preguntas personales. Porque tengo trabajo y me estás distrayendo, Sophie.

Capítulo 6

LLEGARON pasada la medianoche mientras unos enormes copos de nieve caían del cielo de la noche. La limusina de Rafe se acercaba al largo camino de entrada que conducía a la mansión de su hermano en los Cotswolds.

Sophie miró por la ventanilla y contempló la campiña inglesa en la noche mientras pensaba que, si las circunstancias hubieran sido distintas, podría haber disfrutado de la belleza nevada de la Inglaterra rural, sobre todo en contraste con el aplastante calor de Australia. Pero por el momento al menos agradecía el hecho de que la gran casa estuviera sumida en la oscuridad ya que la única y tenue luz que brillaba tras el cristal de la puerta principal indicaba que todo el mundo se había ido a dormir. Gracias a Dios, porque no estaba segura de haber podido enfrentarse a un comité de recibimiento. Se preguntó si Rafe lo había dispuesto así deliberadamente al insistir en que pararan en un pequeño pub para cenar de camino. Tal vez había estado retrasando el inevitable encuentro con su familia porque no sabía cómo presentarla.

De cualquier modo, aquello había supuesto que probara la primera comida en un pub inglés de su vida y que disfrutara del pastel de carne que le había recomendado el dueño, aunque no tanto de la cerveza templada que Rafe había insistido en que probara.

El maletero del coche estaba lleno de la ropa que les habían llevado al aeropuerto y ahora lucía uno de esos conjuntos. Atrás habían quedado los vaqueros y las camisetas baratas y en su lugar un exquisito vestido de cachemir se aferraba a cada curva de su cuerpo combinado con unas preciosas botas de piel. Era la clase de ropa que estaba acostumbrada a llevar, pero junto con el repentino cambio de imagen estaba también la familiar sensación de sentirse expuesta de nuevo. Miró hacia delante pensando lo mucho que había disfrutado su sencilla vida de anonimato y siendo consciente de que estaba a punto de llegar a un brusco final.

–¿Estás bien? –le preguntó Rafe cuando el coche se detuvo frente a la casa.

–La verdad es que no. Estoy nerviosísima –respondió sinceramente.

–¿Tú? Pero si has debido de conocer a cientos de personas a lo largo de estos años.

Probablemente a miles, pensó, aunque nunca de ese modo.

Volvió a mirar por la ventana y entonces comprobó que haber pensado que todo el mundo dormía no había sido más que una ilusión ya que la puerta se abrió y tras ella apareció una mujer que parecía estar esperándolos. Su cabello cano hacía juego con el color del vestido que, claramente, formaba parte de un uniforme. Fue entonces cuando Sophie vio la fuente de esa brillante luz que había visto tras el cristal: un gigantesco árbol de Navidad que dominaba el imponente vestíbulo forrado de madera.

Rafe sonrió cuando la mujer dio un paso al frente.

–Me gustaría presentarte a Bernadette, nuestra ama de llaves. Lleva muchos años en nuestra familia y, si no fuera la viva imagen de la discreción, se podría ganar la vida escribiendo sobre las hazañas de la infame familia Carter, ¿verdad, Bernadette?

–Sí, sin duda, pero ¿quién querría leer algo sobre todos vosotros? –respondió Bernadette con un cálido acento irlandés–. Por cierto, estás perdiendo los modales. Vamos, dime, ¿quién es esta preciosa joven?

Cuando Rafe la presentó simplemente como «Sophie», Bernadette pareció quedarse satisfecha con eso y ella pudo charlar tranquilamente con la mujer. Seis meses atrás, sus comentarios habrían sido tensos y formales, pero haber trabajado en Poonbarra implicaba que ahora podía identificarse con el ama de llaves de un modo que antes le habría resultado impensable. Había aprendido a relacionarse con la gente normal y estaba agradecida por ello.

–¿Ya están aquí todos los demás? –preguntó Rafe.

–No. Sois los primeros –respondió Bernadette cerrando la enorme puerta de roble–. Algunos llegan mañana en avión. Tu padre viene en el todoterreno y Sharla ha llamado para decir que viene en helicóptero, así que llegará a mediodía.

Sharla. Era un nombre que le resultaba vagamente familiar, pero lo que más le llamó la atención fue ver cómo se tensó Rafe al oírlo. Cuando lo miró, la dureza que distorsionaba sus rasgos hizo que le pareciera un extraño.

«Porque es un extraño», se recordó. «No sabes nada de él». Lo único que habían hecho había sido meterse en una cama donde él le había hecho sentir cosas de las que ella jamás se había sentido capaz y le había hecho desear cosas que no estaban a su alcance.

La invadió el desasosiego, pero no dijo nada mientras los acompañaron por una grandiosa escalera en dirección a una enorme habitación dominada por una cama de matrimonio cubierta por una colcha brocada con tonos burdeos y dorados. Junto a la cama había un jarrón con rosas rojas y, cubriendo los enormes ventanales, unas cortinas de terciopelo. La chimenea estaba encendida y aromatizaba el aire con el crepitar de la madera de manzano mientras el brillo de las llamas se reflejaba en la lámpara de araña que colgaba del techo. Todo ello le confería al dormitorio una atmósfera casi medieval. Sophie se desabrochó su abrigo nuevo y lo colgó en el armario antes de girarse lentamente.

–¿Quién es Sharla?

Rafe estaba leyendo algo en el móvil y ni siquiera alzó la mirada para responder.

–Probablemente habrás oído hablar de ella. Antes era modelo.

Preguntándose si la indiferencia con la que le había respondido sería o no fingida, Sophie asintió entendiendo por qué el nombre le había resultado vagamente familiar. Por supuesto.

–¿Te refieres a esa «Sharla»? ¿La supermodelo con piernas infinitas, la que se casó con la estrella de rock?

–La misma. Y para que quede claro, ya no está casada con él.

–Es verdad. ¿Pero por qué va a venir? Pensé que dijiste que era algo familiar. Un evento discreto.

–Porque ella es de la familia. Ya te lo dije. Es la gemela de mi cuñada Molly, aunque yo no tiendo a considerarla familia.

Sophie se preguntó qué la consideraría y por qué se había tensado tanto cuando Bernadette había mencionado el nombre de la supermodelo. Pero no era asunto suyo. Estaba ahí porque se iban a hacer un favor mutuamente. Y sí, habían tenido sexo en el avión, pero eso no significaba nada y él lo había dejado bien claro. Su actitud después había sido fría y distante. «Desconside-rada» podría ser el mejor modo de describirla ya que le había dado una palmadita en el trasero con ese gesto tan insultante que, por otro lado, no había impedido que deseara sentir sus dedos en sus nalgas un rato más. ¿Haber intimado sexualmente le daba derecho a inte-rrogarlo sobre sus pensamientos o sentimientos? No.

Se asomó tras una de las gruesas cortinas de tercio-pelo. La nieve caía con fuerza. Rafe encendió una de las lamparitas de noche y el delicado brocado de la colcha quedó iluminado por un brillo dorado. Mientras él se movía por la elegante habitación, ella lo veía dis-tante. Cualquier cercanía que hubieran compartido ha-bía quedado en el olvido. No la había tocado ni una sola vez en el coche y ahora tendrían que compartir dormitorio y cama.

–¿Qué les has dicho de mí? –le preguntó soltándose el pelo.

–Nada. Le dije a mi hermano que traería a alguien, nada más. Ya podrán descubrir quién eres cuando te conozcan. Pensé que preferirías que no los pusiera en antecedentes.

–¿Y no les va a parecer raro que te presentes aquí con una princesa a la fuga?

Él esbozó una sonrisa.

–Provengo de una familia atípica, Sophie. Aquí lo raro es habitual y la gente rompe las reglas constante-mente. Te aseguro que no se van a escandalizar. Y no te preocupes, ni te molestarán ni te harán las típicas pre-guntas, si eso es lo que te preocupa. Y ahora –añadió con tono suave–, es tarde. ¿No te vas a preparar para irte a dormir?

Nerviosa, Sophie agarró su neceser y entró en el cuarto de baño.

La ropa que Rafe había ordenado que les llevaran no incluía nada tan práctico y cálido como un pijama, pero bajo ningún concepto saldría del baño desnuda, así que se puso una camiseta. Rafe enarcó las cejas al verla meterse apresuradamente en la cama y entró en el cuarto de baño sin decirle ni una palabra.

Ella apagó la lamparita y tembló bajo el edredón mientras oía el ruido de los grifos abiertos. Los minutos pasaron terriblemente despacio antes de que la luz del baño se apagara y Rafe saliera al dormitorio. Al parecer, no tenía ningún escrúpulo para quedarse desnudo, y la imagen de su poderoso cuerpo pareció grabársele a fuego en los ojos.

–¿Por qué te escondes en la oscuridad?

–No me estoy escondiendo.

–¿En serio? –le preguntó él con tono de risa–. ¿De pronto te has vuelto vergonzosa conmigo, Sophie?

–Por supuesto que no –¿cómo podía decirle que se le hacía... raro? Que no quería dejar la luz encendida porque no sabía ni qué decir ni qué hacer. Se preguntó qué había sido de esa mujer que se había mostrado tan desinhibida en el avión y por qué de pronto se había metamorfoseado en alguien invadida por el miedo. Contuvo el aliento al notar la cama hundirse ligeramente con el peso de Rafe.

–A lo mejor te afecta el jet-lag.

–Creo que sí, un poco –dijo con la esperanza de que unas cuantas horas de sueño mitigaran la tensión que iba aumentando por segundos. Sin duda, lo mejor sería cerrar los ojos y rezar por poder quedarse dormida profundamente para despertar bien fresca por la mañana y capaz de enfrentarse a lo que se le venía encima.

Pero le era imposible dormir. Se quedó ahí tumbada, en tensión, muy quieta y temerosa de moverse por si se topaba con ese cálido, duro y masculino cuerpo, y preguntándose cómo podría aguantar así toda una noche. Justo en ese momento, una suave carcajada rompió el silencio.

–Sé que no estás dormida.

–¿Cómo lo sabes? –le preguntó indignada antes de darse cuenta de que la respuesta la había delatado.

–Porque estás intentando hacer que tu respiración suene regular y poco profunda y la gente no respira así cuando está durmiendo.

–Supongo que serás un experto en los hábitos respiratorios de las mujeres en la cama.

–Pues sí que tengo algo de experiencia en ese terreno.

–No lo dudo.

Y entonces la rodeó por la cintura y Sophie se quedó paralizada.

–Tú relájate –le dijo en voz baja cubriéndole un pecho con la otra mano–. Túmbate boca arriba y piensa en Isolaverde.

–Eres... ¡Oh! –exclamó Sophie cuando él le acarició un pezón–. ¡Eres imposible!

–Eso me dicen. ¿Pero no es mejor así? –le preguntó Rafe deslizando las manos sobre su cuerpo–. ¿Por qué llevas las bragas puestas? Vamos a tener que quitártelas.

–Rafe.

–Shh. ¿Qué te acabo de decir?

–No... no me acuerdo.

–Pues inténtalo.

Le bajó las braguitas hasta los muslos y, con el pie, se las sacó por los tobillos, aunque le dejó la camiseta puesta. Al instante, enredó los dedos en el fino vello de su pubis y, sin decir ni una palabra, comenzó a acari-

ciarla con una delicadeza y una ligereza que la volvió
loca. Ahora el único sonido que se oía en la habitación
era el de la respiración entrecortada de Sophie.

—Rafe —repitió ella con una insistente desesperación
que le quebró la voz.

—¿Qué?

—Yo... ¡Oh! —exclamó hundiendo los dedos en sus
hombros—. ¡Oh, oh, oh!

Alzó las caderas y su cuerpo se sacudió con placen-
teros espasmos cuando él agachó la cabeza para besarla. Sintió un meloso calor mientras la realidad se
desmoronaba en incontables y relucientes pedazos y se
disolvía en un delicioso aturdimiento. Después, se
quedó allí tumbada intentando recobrar el aliento. La
invadía una sensación maravillosa, pero entonces pensó
en algo que la puso tensa. Separó los labios del hombro
desnudo de Rafe y le posó los dedos en la barbilla.

—Tienes que enseñarme a... —vaciló, le producía demasiada vergüenza pronunciar las palabras.

—¿Darme placer?

Ella se humedeció los labios.

—Sí.

—Duérmete, Sophie —le respondió con tono casi
amable antes de apartarle de la mejilla un mechón de
pelo y darle un fugaz beso en la nariz—. Tú duérmete.

Capítulo 7

CUANDO Rafe se despertó a la mañana siguiente, tardó un minuto en ser consciente de dónde estaba: un dilema habitual para alguien que recorría el mundo con la frecuencia con la que lo hacía él. Sin embargo, por lo general, le gustaba esa sensación de incertidumbre. A la mayoría de la gente le daban miedo los cambios, pero él no era uno de esas personas.

No le dolía ni el hecho de que su madre hubiera sido una cazafortunas ni que siempre lo hubieran apartado cada vez que el último interés amoroso había hecho presencia en la glamorosa vida de sus padres. Tampoco le importaba haber pasado sus vacaciones escolares en enormes y vacías habitaciones de hotel mientras su madre se marchaba de viaje. Había aprendido a llamar al servicio de habitaciones y a meterse en la cama cuando se acababan los dibujos por la tele. Había aprendido a asumir la vida que le había tocado y lo había hecho construyéndose un muro alrededor del corazón. En un principio los cimientos habían sido inestables porque ¿qué sabía un niño pequeño sobre protección emocional y autosuficiencia cuando eso iba en contra del orden natural de las cosas? Pero cuanto más se hace una cosa, más se mejora en ello y así, últimamente, ya nada lo conmovía. Nada.

Miró a su alrededor, vio que estaba en la casa de su

hermano y solo entonces reconoció la cálida sensación de satisfacción que seguía a una noche de buen sexo. Se giró y encontró el lado de Sophie vacío.

Se estiró y su cuerpo comenzó a excitarse a la espera de oír el ruido del agua o cualquier otro sonido que le indicara que ella podría estar acicalándose el pelo para un beso de buenos días, pero no oyó nada. Golpeó una de las almohadas con el puño y acomodó la cabeza sobre ella pensando que tal vez eso era mejor que tenerla acurrucada y haciendo lo que las mujeres hacían después de una noche así: trazar pequeños círculos alrededor del ombligo de un hombre y preguntarse en qué estará pensando.

Porque en la noche, justo antes del amanecer y sumidos en ese extraño estado a medio camino entre el sueño y la consciencia, se habían acercado. Dos cuerpos desnudos haciendo lo que era natural en esos casos. Miró al techo y contempló las sombras proyectadas por la lámpara de araña mientras recordaba la sedosa piel de Sophie y la calidez de su cuerpo.

La había notado muy tensa cuando la había penetrado. Casi tan tensa como la primera vez. Y después, al llegar al orgasmo, ella había empezado a decir cosas en griego y con un tono muy suave; cosas que él no entendía, pero que lo habían hecho ponerse en guardia porque cuando una mujer hablaba en ese tono, solía haber problemas a la vista. Esperaba que su inexperiencia no significara que había empezado a malinterpretar el impacto de una poderosa serie de orgasmos. Esperaba no verse en la necesidad de tener que dejarle claro que era una pérdida de tiempo que desarrollara sentimientos por él.

Apartó las arrugadas sábanas y la colcha, salió de la cama y, al asomarse a la ventana, lo asombró la inhóspita belleza del paisaje. Pasaba tan poco tiempo en Inglaterra últimamente que había olvidado lo preciosa que estaba la campiña cubierta por una espesa capa de nieve. Por un momento se quedó allí de pie, hipnotizado por el paisaje oculto bajo ese manto blanco. Debía de haber estado nevando toda la noche y aún seguían cayendo densos copos del cielo. Estrechó los ojos. No era el mejor día para un bautizo, ni mucho menos.

Eran algo más de las diez cuando, tras ducharse y vestirse y dirigirse a la planta baja, oyó el sonido de unas voces procedentes del comedor. Recorrió el largo pasillo en absoluto preparado para la imagen que lo recibió.

Porque Sophie era el centro de atención, y no porque se estuviera comportando como una princesa. Al contrario. Estaba sentada en el suelo junto a otro gran árbol de Navidad y jugando con su sobrino. Lo tenía alzado en el aire y le estaba haciendo cosquillas en la barriga con la nariz mientras el pequeño reía encantado. Y observándolos con una abrumadora expresión de orgullo, estaba Molly, la madre del bebé.

Rafe no se esperaba el dolor que le produjo verla jugar con el bebé. Se encontraba fuera de ese círculo de felicidad que estaban formando todos y no tenía ningún deseo de entrar en él. Sin embargo, debió de respirar más fuerte de lo que pensaba o debió de moverse porque las dos mujeres se giraron y lo vieron. Sophie, con gesto de inseguridad, bajó al niño y lo acurrucó contra su hombro, y el pequeño la golpeó suavemente con el puño como instándola a que siguieran jugando.

–¡Rafe! –dijo Molly levantándose para ir hacia él con los brazos abiertos y una amplia sonrisa–. Aquí estás. ¡Por fin te has levantado! Qué alegría verte. Como verás, Sophie ha conquistado a Oliver. Eres un pillín, ¿eh? ¿Por qué no nos dijiste que ibas a traerla?

Tenso, aunque intentando no perder la sonrisa, Rafe respondió:

–Porque Sophie prefiere llevar su estatus con discreción, ¿verdad, Sophie? –le preguntó con una mirada burlona mientras abrazaba a su cuñada–. Y, además, por lo que veo, se ha adaptado muy bien. Eso se le da genial. ¿Dónde está Nick?

–Ha ido a hablar con el párroco y a investigar el estado de las carreteras. No ha llegado nadie más, aunque se supone que no deberían tardar –Molly tomó al niño en brazos–. Trae, voy a llevarlo a dormir la siesta antes de que empiece la diversión. Has estado brillante con él, Sophie. Gracias.

–De nada. Es una preciosidad.

–Lo sé, aunque no soy nada objetiva, claro –respondió Molly con una amplia sonrisa–. He de decir que supone un cambio agradable poder conocer a una novia de Rafe porque lo más a lo que llegamos es a leer algo sobre ellas en los periódicos.

Cuando Molly salió de la habitación, Sophie fue consciente del silencio que cayó como un hacha entre los dos.

–Me cae bien tu cuñada.

–Seguro que estaría encantada de recibir el sello de aprobación de la casa real. Pero ¿no se te ha ocurrido que sería más sensato esperarme antes de bajar a desayunar?

Sí, probablemente debería haber esperado a bajar juntos a desayunar, pero había necesitado alejarse de él, había necesitado aclarar sus ideas. Le había aterrorizado la idea de que la sorprendiera mirándolo cuando abriera los ojos porque eso era lo que había querido hacer; había querido quedarse mirándolo y acariciarlo sin cesar. Lo sucedido durante la noche la había aterrado y excitado a partes iguales. El sexo había sido...

Increíble. Distinto de la primera vez y de la vez en el avión. No había imaginado que pudiera ser así, como si verdaderamente dos personas se convirtieran en una.

Recordaba sus brazos rodeándola y lo excitada que se había sentido cuando él la había acercado a sí y la había besado lentamente, como si tuviera todo el tiempo del mundo, como si la estuviera explorando a cámara lenta y haciéndola volver a la vida. Y cuando finalmente la había penetrado, lo había hecho profundamente. Tan profundamente que ella había dejado escapar un grito ahogado y había susurrado su nombre. Pero había susurrado muchas otras cosas después de que la hubiera llevado hasta un orgasmo que le había parecido interminable y que la había dejado aturdida. Había dicho cosas que no había planeado decir, pero que se habían escapado de sus labios. Esperaba que Rafe no entendiera griego, aunque tal vez sí lo entendía y por eso ahora le estaba lanzando esas miradas acusatorias.

–Pensé que sería más sencillo si me presentaba yo en lugar de que tú tuvieras que explicar nada –se encogió de hombros–. He de decir que tanto Molly como tu hermano se lo han tomado con mucha calma. Y además, no quería molestarte. Estabas durmiendo como un bebé.

–¿En serio? Parece que estés obsesionada con los bebés.

–Estaba jugando con tu sobrino, Rafe –dijo apretando los dientes–. Eso es lo que hace la gente cuando conoce a un bebé. ¿Qué he hecho que haya estado tan mal?

–¿Les has dicho por qué estás aquí?

–Sí. Les he explicado que me estaba escondiendo de la prensa y que tú me ibas a ayudar. ¿Eso está bien o mal dicho? ¿Debería haberte pasado una lista con las respuestas correctas? Me podrías haber escrito unas directrices.

Rafe se ahorró tener que responder porque justo en ese momento Nick, su hermanastro, entró en la casa sacudiéndose copos de nieve de la cara y del pelo. Tan alto y casi tan guapo como su hermano, Nick Carter tenía el mismo pelo negro y los mismos rasgos esculpidos.

Sophie los vio saludarse.

–¿Cómo están las carreteras?

–¿Qué carreteras? Eso de ahí fuera parece un páramo. Y acabo de enterarme de que han cerrado los principales aeropuertos.

–¿Estás de broma?

–¡Ojalá! Aún no me he atrevido a darle la noticia a Molly.

–¿Y no podéis posponer la ceremonia?

–¿En esta época del año? ¿Con los conciertos de villancicos y un párroco con la agenda repleta? Lo dudo. Pero eso significa que la mayoría de la gente no podrá llegar a tiempo. Solo papá y la mujer con quien esté saliendo ahora.

–Y Sharla, claro –añadió Rafe al instante–. Viene en helicóptero.

Algo en su tono volvió a alertar a Sophie como la noche anterior. ¿Qué no le estaba diciendo? ¿Qué pasaba con Sharla que lo ponía tan nervioso? ¿O tal vez ella estaba exagerando y viendo cosas que no eran? Seguramente Sharla sería tan adorable como su hermana gemela porque lo cierto era que Molly era un verdadero encanto.

Algo más tranquila, se sentó y los tres charlaron mientras Rafe se tomaba unos huevos con mantequilla y Nick y él se bebían una jarra entera de café. Y cuando

Nick dijo que iba a hablar con Molly, Rafe le sugirió que subieran al dormitorio. Sophie asintió, pero sin olvidar que había sido muy frío con ella y que solo parecía mostrar alguna emoción cuando practicaban sexo.

Una vez en el dormitorio, comprobó que les habían hecho la cama y les habían encendido el fuego de nuevo. Además, sobre el alféizar de una de las ventanas les habían puesto un ramo de acebo cuyas puntiagudas hojas verdes y bayas de color escarlata contrastaban con la extrema blancura de la nieve. La escena resultaba maravillosa, casi relajante, aunque relajación fue lo último que sintió cuando Rafe cerró la puerta. Fue directa al tocador, se sentó frente al espejo y comenzó a soltarse el pelo.

En el reflejo lo vio fruncir el ceño, como si no se hubiera esperado esa reacción. Después, Rafe cruzó la habitación, le puso las manos sobre los hombros y comenzó a acariciárselos de un modo que la hizo querer derretirse. Sin embargo, tenía que ser fuerte.

—No –dijo apartándose.

—¿En serio?

—Sí, en serio –respondió molesta por su arrogancia y comenzó a cepillarse el pelo.

—¿Ya te has aburrido del sexo?

—¡No seas tan cínico, Rafe! Estoy seguro de que no habrá mujer viva que no te encuentre físicamente atractivo, pero mis emociones no son algo que puedas abrir y cerrar como un grifo.

—¿Por qué meter las emociones en esto?

—Bueno, ¿qué te parece hacerlo por una simple cuestión de educación? –soltó el cepillo y se giró hacia él–. Ahí abajo has sido frío y me has hablado en tono acusatorio, ¿y se supone que en cuanto volvemos al dormitorio tengo que caer rendida en tus brazos?

–Me parecía que te estabas tomando mucha confianzas con mi familia.

–¿Y? ¿Habrías preferido que me hubiera mostrado distante? ¿No te das cuenta de que eso es lo que la gente se espera de mí? Me ha parecido una maravilla encontrarme con gente que me ha tratado con normalidad, gente a la que no ha parecido importarle que sea una princesa. ¿Qué problema tienes con eso?

–¡Que no quiero que se hagan falsas ilusiones con nuestra relación! –bramó.

–Ah, bueno, yo no me preocuparía por eso –respondió ella riéndose–. Seguro que la actitud que tienes hacia mí bastará para convencerlos de que no tenemos futuro juntos. Pero es una pena que estés logrando arruinar también el presente. Qué fantástica manera de vivir la vida.

–¿Es eso lo que estoy haciendo?

–Sí. Dime una cosa. ¿Sharla y tú habéis tenido algo?

–¿Qué te hace pensar eso? –le preguntó él al cabo de una breve pausa.

–Es una pregunta sencilla, Rafe. Me basta con un «sí» o un «no».

Rafe captó la persistencia de su voz mientras miraba esos luminosos ojos azules y esos rosados y carnosos labios. Podía mentirle igual que había mentido ella si no fuera porque la conversación en el avión le había hecho entender por qué se había mostrado tan reacia a revelar su identidad. Tal vez había tenido motivos para mentir, pero no se podría decir lo mismo de él si elegía no responder a su pregunta directamente.

–Hace mucho tiempo tuvimos algo. Hace como unos diez años, y duró menos de un año.

–¿Y...?

–No, Sophie –le dijo porque estaba descubriendo

que había cosas que, por muy enterradas que estuvieran, seguían haciendo daño y que cuando las sacabas a la superficie podían dejarte una mancha muy negra sobre la piel–. Mi respuesta ha sido mucho más que el «sí» o «no» que has pedido, y no vas a sonsacarme nada más.

A pesar de su reticencia, vio confusión en su rostro junto con una dulzura que lo conmovió. Y aunque sabía que debía contener las ganas de tocarla, alargó el brazo, la puso de pie y la llevó contra su cuerpo. Le cubrió las nalgas con las manos para que pudiera sentir la dureza de su erección. Y la sintió. Lo supo por el modo en que se le dilataron los ojos. Y cuando se agachó para besarla, pensó que ella se apartaría y le exigiría saber algo más de Sharla. Sin embargo, Sophie no hizo nada de eso. ¿Sería tan intuitiva como para saber que en ese justo momento él necesitaba su beso tanto como un hombre hambriento necesita comida? ¿Por eso separó los labios como si le estuviera suplicando en silencio que los cubriera con los suyos? ¿Y fue esa la razón por la que le devolvió el beso con un deseo que se igualó al de él? Al deslizar la mano hasta sus caderas mientras sus lenguas se entrelazaban, Rafe sintió un torrente de sangre desplazándose hasta su entrepierna.

–Sophie...

–Shh –respondió ella rozándolo con su ardiente aliento y presionando los pechos contra su torso–. Hazlo.

La inesperada respuesta de Sophie no hizo más que avivar su deseo y Rafe le sacó la chaqueta por la cabeza sin molestarse en detenerse a desabrochar los diminutos botones. Una vez tuvo acceso a la camisola de seda que llevaba debajo, deslizó la palma de la mano sobre un endurecido pezón y la sintió estremecerse a la vez que comenzaba a desabrocharle el cinturón. Tal vez era

inexperta, pero en absoluto tímida. Le gustó el murmullo de aprobación que emitió al bajarle la cremallera de
los vaqueros y rodear su dura erección con la mano.
Pero cuando comenzó a deslizar los dedos de arriba
abajo, él sacudió la cabeza y la detuvo.

La levantó en brazos, la llevó a la cama y con manos
algo temblorosas la tendió y le quitó el resto de la ropa
revelando una sedosa curva tras otra. Quería colocar la
cabeza entre sus piernas, pero quería aún más estar
dentro de ella. Encontró un preservativo y, aunque ella
parecía muy dispuesta a ocuparse de esa labor, él negó
con la cabeza.

–No. Deja que lo haga yo. Estando en este estado,
no me fío de lo que puedo llegar a hacer si me tocas.

Instantes después ella emitió un exultante gemido
cuando él se adentró en su húmedo calor y ese salvaje
sonido despertó algo en su interior, un deseo que fue
aumentando y aumentando hasta amenazar con vol-
verlo loco. Le hizo el amor con fuerza y después lentamente. Le lamió la piel y le apretó las nalgas con las
manos a la vez que se hundía en su cuerpo más y más
profundamente. No quería que ese momento terminara
nunca, pero tampoco podía seguir conteniéndose. Y así,
su cuerpo se quedó paralizado durante un exquisito segundo antes de, finalmente, liberarse dentro de ella.

Al momento, se giró y la vio tendida en la cama con
los ojos cerrados.

–¿Has llegado al orgasmo?

–Sí –respondió ella con una sonrisa–. ¿No te has
dado cuenta?

Rafe se quedó mirando al techo. La verdad era que
no se había percatado de ello.

¿Qué tenía Sophie Doukas que lograba embrujarlo
de ese modo? Levantó el brazo y se obligó a mirar el

reloj e ignorar el renovado deseo que estaba excitándolo de nuevo. Bostezó.

–Debería ir a ayudar a mi hermano a quitar la nieve de los caminos.

–¿Puedo ayudar?

Él se giró parar mirarla: tenía la cabeza apoyada en la mano y esa resplandeciente melena cayéndole sobre los hombros desnudos y alrededor de su sonrojado rostro.

–¿Tú?

–¿Tan asombrosa te parece la sugerencia?

–¿Hablas en serio?

–Totalmente en serio. ¿Qué pasa, Rafe, crees que una princesa es incapaz de desarrollar un trabajo físico? Me recorrí medio mundo para llegar hasta Poonbarra. Hasta tú mismo te sorprendiste de que hubiera cruzado el Pacífico navegando. Apartar un poco de nieve será como un juego de niños para mí.

Capítulo 8

ERA FÁCIL no darle ninguna importancia a la exnovia de tu amante cuando acababa de darte un orgasmo de lo más increíble, pero no lo era tanto una vez ese bombardeo hormonal se había aplacado y te enfrentabas a la realidad. Y la realidad estaba sentada justo delante de ella en la iglesia: una exnovia famosa por ser una de las mujeres más bellas del mundo.

Intentó centrar la atención en el bebé y no mirar a esa mujer, pero le estaba resultando imposible. Había visto fotos de Sharla, ¿quién no?, pero nada podría haberla preparado para ver a la supermodelo en persona. Había conocido a mujeres hermosas, muchas con las cuales había salido su hermano, pero Sharla estaba a otro nivel. No pudo evitar pensar lo extraño que era que unas hermanas gemelas pudieran ser tan distintas. Molly era guapísima, con una melena rubia rojiza, piel clara y enormes ojos verdes, pero Sharla poseía esas mismas características y las convertía en algo imponente. Su aspecto era tan perfecto y tan resplandeciente como la imagen retocada de una revista. A diferencia de Molly, tenía el pelo cubierto por reflejos dorados que le caían en ondas hasta la cintura. Y, a diferencia también de Molly, sus interminables piernas quedaban ensalzadas por unos diminutos pantalones cortos de piel y unas botas negras hasta el muslo. Esa extraña combinación estaba rematada por una icónica chaqueta de Chanel y un excéntrico sombrero negro con plumas rosas. Ese aspecto debería haber resultado ridículo para un bautizo familiar en una iglesia de un pequeño pueblo, y en cierto modo lo era, pero el efecto general era de pura belleza y originalidad. En cambio ella, con su chaqueta y su falda de cachemir azul hielo, se sentía como una puritana conservadora.

Miró a Rafe y, a juzgar por su gélida expresión, costaba creer que le hubiera estado haciendo el amor hacía solo un momento. Si antes se había mostrado animado y vital, ahora parecía como si lo hubieran tallado de un bloque de oscura e implacable piedra.

Ahí pasaba algo; pasaba algo con Sharla. Y por mucho que había estado deseando hacerle más preguntas sobre la relación que había tenido con la supermodelo, se había contenido porque había sentido que él solo le contaría hasta donde quisiera contar. Había sentido que debía tener cuidado con cuánto lo presionaba porque estaba demasiado a la defensiva.

Aparte de los padrinos, el otro único invitado que había logrado llegar a tiempo a pesar de las nevadas era el padre de Rafe, Ambrose, un hombre altísimo con el pelo cano y una mirada penetrante muy parecida a la de sus hijos. Un rato después, cuando volvían a la casa, el hombre le había confiado que acababa de anular su compromiso con una joven profesora de yoga.

–Lamento oír eso –le dijo Sophie con prudencia y no muy segura de en qué consistía el protocolo a la hora de hablar de amor con el padre de tu amante. Por otro lado, eso de que la gente le confiara sus intimidades era algo que no había vivido nunca ya que normalmente su posición la mantenía alejada de charlas informales. Era otra de las cosas a las que se estaba acostumbrando, junto con practicar sexo justo después del desayuno y compartir ducha con un hombre tras acabar empapada y agotada por el esfuerzo de haber estado despejando nieve de los caminos.

–Sí –respondió Ambrose pensativo–. He decidido que tal vez debería tirar la toalla y admitir que, después de cuatro intentos, no estoy hecho para el matrimonio. Siempre pensé que evitar ese tipo de compromiso era algo más propio de Rafe que de mí, pero tal vez me equivocaba –dijo lanzándole una pícara sonrisa–. Es la primera vez que trae a una mujer a un evento familiar y te mentiría si te dijera que no me impresiona que se haya presentado aquí con una bella princesa.

Sophie supo que era su oportunidad para quitarle importancia a su relación con Rafe y decir que su presencia allí solo era circunstancial. Sin embargo, no tenía sentido iniciar una conversación que solo despertaría curiosidad y más preguntas. Así que, en lugar de ofrecerle a Ambrose una explicación sobre el papel que desempeñaba en la vida de su hijo, se limitó a sonreír y a decir lo bonita que le parecía la casa. Algo que, por otro lado, era cierto.

Además, allí reinaba un ambiente informal que no se parecía en nada a cómo era su vida en Isolaverde. A pesar de que Nick Carter era un hombre de gran éxito, en la casa no había ni protocolos ni horarios estrictos. Y lo mejor de todo, allí no tenía que cargar con las joyas familiares que siempre se esperaba que luciera. Allí se sentía ligera. Libre. Llena. Y algo melancólica.

Miró a Rafe mientras pensaba en lo guapísimo que estaba sentado junto al árbol de Navidad y sumido en una conversación con su padre. Estaba haciendo todo lo que podía por no pensar en el poderoso cuerpo oculto bajo el traje color carbón y por no acercarse demasiado ya que estaba segura de que a él no le haría ninguna gracia que se comportara como una novia «de verdad». Pero una vez más había notado una innegable tensión cuando Sharla se le había acercado un momento antes, despojada del sombrero y de la chaqueta y luciendo sus brillantes y tonificados brazos. Lo que fuera que se habían dicho había sido breve pero tenso, y la mirada de la modelo había estado cargada de un brillo de furia cuando había salido del salón anunciando que debía hacer una llamada.

Sophie vio a Molly acercarse a Rafe con el bebé y, a pesar de que él negó enfáticamente con la cabeza, Molly lo ignoró y, riéndose, le puso al bebé en los brazos. De pronto, fue como si lo hubieran convertido en piedra. ¿Qué le pasaba? ¿Tan poco le gustaban los niños que no podía soportar tener a uno en brazos ni durante un par de minutos?

En el otro extremo de la habitación Rafe sintió al bebé riéndose contra su pecho y una daga de puro dolor le atravesó el corazón. El sudor le cubrió la frente y sintió un aplastante deseo de escapar a pesar de, por otro lado, tener que admitir que su sobrino era innegablemente adorable.

Pero eso no contuvo los complicados sentimientos de pesar y culpabilidad que aún lo invadían. Esa era la razón por la que nunca tenía a bebés en brazos. Porque le hacía daño. Porque le hacía recordar y pensar. Porque, porque, porque...

¿Podría sentir Oliver su tensión? ¿Por eso de pronto el pequeño arrugó su carita como si fuera a echarse a llorar?

—Muévelo un poquito —le aconsejó Ambrose y Rafe lo fulminó con la mirada.

–¿Y qué sabrás tú de cómo tratar a un bebé? –preguntó mientras intentaba reproducir lo que había visto hacer a Sophie esa mañana–. No estuviste con nosotros cuando éramos pequeños. ¿Es que no te acuerdas de aquella vez que te presentaste sin avisar y Chase se pensó que eras el cartero?

–Lo sé, lo sé. Admito todas las acusaciones de mal padre –dijo Ambrose con un suspiro–. Me casé demasiado joven y demasiada veces y me comporté como un idiota. Pero al menos tú te has tomado tu tiempo para elegir esposa, así que tendrás una mejor oportunidad que yo. Y, por cierto, es preciosa.

Rafe se quedó paralizado al ver la puerta abrirse y a Sharla reaparecer.

–¿Sharla?

–No, no me refiero a Sharla. Sharla es como una de esas plantas de invernadero, requiere un mantenimiento constante y es totalmente impredecible. Estoy hablando de tu princesa de los ojos azules que, a pesar de su estatus, es una persona sorprendentemente normal.

Rafe abrió la boca para decir que Sophie no era nada suyo, pero algo lo detuvo. Aunque no se sentía en posición de decirlo abiertamente, en el fondo estaba de acuerdo con Ambrose. Sophie era sorprendente, de eso no había duda, y no solo porque no se creyera más que los demás por su estatus, sino porque los había dejado a todos asombrados al ponerse a despejar la nieve del camino con un viejo conjunto de esquí de Molly y un gorro de lana nada favorecedor. Ni siquiera porque estaba demostrando ser la amante más entusiasta que había conocido, tal como probaban las hazañas acrobáticas que había ejecutado en la ducha un rato antes. Era una mujer que, a pesar de su inexperiencia, había minado su habitual cinismo y despertado un apetito sexual que había corrido el peligro de terminar por desaparecer.

Oliver comenzó a moverse en sus brazos y cuando Rafe lo alzó en el aire, el pequeño soltó un sonido de alegría. Y al ver esos pequeños ojos tan grises como los suyos mirándolo, Rafe sintió algo poderoso e inexplicable golpeándolo.

–¿Alguna vez has pensado en tener hijos? –le preguntó Ambrose mirándolo de soslayo.

–No –respondió Rafe mientras los gorditos dedos de Oliver le tocaban la cara.

–¿Y has pensado en a quién vas a dejarle tu fortuna si no tienes tus propios hijos?

Rafe observó la mirada de confianza de su sobrino intentando ignorar el repentino dolor que lo invadió.

–Hay numerosas organizaciones benéficas que estarían encantadas de beneficiarse de mi fortuna.

–Pero no es lo mismo. Créeme cuando te digo que al final la sangre tira y que es lo único que importa.

El tono de la voz de su padre le hizo darse cuenta de que el hombre estaba pensando en el fin de su propia vida y eso le dio qué pensar. Las palabras de Ambrose lo persiguieron durante el brindis y la tarta. Nunca le había inquietado particularmente la idea de no tener descendencia, pero de pronto una oleada de vacío lo invadió. ¿Llegaría un día en que se viera donde estaba ahora su padre, con la diferencia de que él estaría solo y protegido únicamente por el gélido caparazón que se había construido a su alrededor? ¿Acabaría siendo un viejo solitario sin nadie a quien legar su vasta fortuna?

De pronto, sintió como si las paredes lo estuvieran aprisionando y se dirigió hacia el otro extremo de la sala donde Sophie charlaba con uno de los padrinos. Tras rodearla por la cintura, la apartó de la conversación esperando que la calidez de su cuerpo hiciera desaparecer a los demonios que lo perseguían.

–Ven arriba –le susurró contra su perfumado pelo.

Ella se apartó enarcando las cejas.

–¿No te van a echar en falta?

–Ahora.

Sophie vaciló pensando en lo autoritario que había sonado y preguntándose si siempre se salía con la suya. Pero ¿por qué negarse a acompañarlo? Ya se había cansado de las ocasionales miradas hoscas de Sharla a pesar de que la modelo se había mostrado educada cuando las habían presentado.

No dijo ni una palabra más hasta que estuvieron en el dormitorio y se quitó el chal que llevaba alrededor del cuello.

–¿A qué ha venido esto de subirme aquí antes de que haya terminado la fiesta? ¿Por el bien de Sharla?

–¿Por el bien de Sharla? ¿Qué significa eso?

Sophie se asomó a la ventana antes de girarse a mirarlo.

–No he tenido examantes en los que basarme para apoyar mi corazonada, pero llevo observando a la gente desde que tengo memoria. Y para tratarse de alguien con la que rompiste hace tanto tiempo, parece que aún hay muchas cosas entre los dos. ¿Qué te ha dicho abajo?

–Eso no es asunto tuyo.

–Sabía que ibas a decir eso. ¿Qué pasa, Rafe? ¿Sigues enamorado de ella?

–¿Enamorado de Sharla? ¿Estás loca?

–¿Entonces qué? Porque ahí hay algo.

–¿Algo? Sí, se podría decir que sí –dio un paso hacia ella–. ¿Quieres saber qué me ha dicho? ¿Te haría sentir mejor que te dijera que me ha dejado claro que le gustaría acostarse conmigo?

–¿Y eso es todo?

¿Cuántas preguntas más le iba a hacer? Rafe quería decirle que se metiera en sus propios asuntos o hacerla callar con un beso. Pero las palabras de Ambrose y el recuerdo del bebé habían abierto las esclusas que había mantenido cerradas durante tanto tiempo. Soltó una amarga carcajada al quitarse la corbata con un brusco movimiento y tirarla junto a una silla.

–¿Quieres la verdad sobre mi relación con ella?

–Sí, creo que sí.

Sophie se sentó en uno de los sillones que había junto a la chimenea y lo miró. Aunque no estaba habituado a compartir confidencias, algo le decía que podía confiar en ella. Sentía que podía ser discreta, pero no solo porque la habían educado para ello, sino porque lo veía en el brillo de sus ojos, un brillo capaz de atravesar su gélida actitud. Y cuando ese hielo se derritió sintió un dolor que le hizo imposible respirar. Creía que los años habrían mitigado el dolor, pero no era así y tal vez había llegado el momento de hablar de ello en lugar de guardárselo dentro.

Respiró hondo.

–Mi hermano Nick estuvo saliendo con Molly varios años antes de que se casaran y conocí a Sharla en una fiesta cuando teníamos veintipocos años. Yo había salido de la universidad y llevaba un par de años con mi empresa de telecomunicaciones y ella ya había sido portada de varias revistas. Nuestras carreras estaban despegando y en muchos sentidos teníamos una relación muy satisfactoria.

–¿Satisfactoria? Qué palabra tan extraña has empleado.

–No se me ocurre ninguna mejor. Yo era joven, estaba excitado y ella era guapísima. Creía que los dos nos estábamos dando lo que más necesitábamos.

–¿Te refieres al sexo? –le preguntó ella con atrevimiento.

–Me refiero al sexo. Lo siento si eso hiere tu sensibilidad, Sophie, pero es la verdad.

La vio morderse el labio inferior, como si se estuviera arrepintiendo de estar ahí escuchando eso, pero él ya se había animado a hablar y las palabras parecían brotar de ese oscuro lugar en su interior donde las había enterrado tantos años atrás.

–Desde el principio fui sincero con ella. Le dije que si buscaba una relación permanente, con bebés y campanas de boda, entonces debería ir a buscar a otra parte. Los dos teníamos mundos que conquistar y éramos muy jóvenes. Recuerdo que se rio cuando le dije que tenía la puerta abierta para cuando decidiera marcharse. Pero no lo hizo.

Hubo un silencio durante el que Sophie siguió mirándolo fijamente con esos brillantes ojos azules.

–Un día vino y me preguntó si me había planteado cambiar de opinión, si pensaba que podría amarla o casarme con ella. Para ser sincero, me sentí confundido. Pensé que nos entendíamos. Le pregunté por qué estaba diciendo todas esas cosas y todavía recuerdo su mirada. Recuerdo el modo en que dijo: «Rafe, una mujer necesita saber estas cosas». Y como sabía que la estrella del rock andaba tras ella y que solo intentaba ser práctica, le dije que no y que si lo que quería era un compromiso, era libre de marcharse y buscarlo con otro. Y entonces...

La voz se le quebró. ¿Estaba conmocionado? ¿Sorprendido? ¿Impactado de que él, que siempre había intentado distanciarse de los conflictos que generaban las relaciones, se hubiera convertido en víctima de una y como consecuencia lo invadiera un amargo rencor que no parecía liberarlo nunca?

–¿Qué, Rafe? –le susurró Sophie–. ¿Qué pasó?

Tragó saliva y sintió como si una bola de tela metálica estuviera intentando abrirse camino por su garganta.

–Estaba embarazada, pero nunca me lo dijo. No me dio la oportunidad de cambiar de opinión o de llegar a un acuerdo que nos hubiera contentado a los dos. No lo supe y no llegué a enterarme. Al menos no hasta después, cuando me dijo lo que había hecho.

–¡Oh, no! –ella palideció al asimilar el significado de esas palabras–. ¡Oh, Rafe!

–Sí –la miró y se le quebró la voz de nuevo–. Se deshizo de mi bebé.

A Sophie se le encogió el corazón de dolor y quiso levantarse de la silla y abrazarlo con fuerza. Quiso acariciar su rostro con toda la ternura que poseía hasta calmar parte de ese insoportable dolor. Pero algo la contuvo, un instinto que le dijo que tratara con cuidado a ese hombre al que habían hecho daño. Había confiado en ella. Le había contado ese oscuro secreto que, claramente, aún lo perseguía. ¿No bastaba con eso para ser comprensiva y amable en lugar de darle una respuesta exageradamente emocional que no ayudaría a nadie?

–Lo siento mucho –susurró.

–Sí, yo también. La habría apoyado. Le habría dado todo lo que le hubiera hecho falta, incluso me habría casado con ella. Habría hecho cualquier cosa que hubiera querido, pero nunca tuve la oportunidad de hacerlo.

–Porque no podías. Un hombre nunca puede hacer nada en una situación así. Ella no quería que lo supieras y no había nada que tú pudieras hacer. Le respondiste a sus preguntas con sinceridad porque no sabías por qué te estaba preguntando.

–Y tal vez debería habérmelo imaginado –dijo con amargura.

–Pero no teníais esa clase de relación, ¿no? Una relación franca y sincera solo funciona si ambas partes quieren lo mismo. ¿Eso pasó en la época en la que te marchaste de Inglaterra?

Él asintió.

–Estaba deseando irme, dejar atrás mi antigua y contaminada vida. Me marché a Australia y empecé una nueva vida allí. Abrí oficinas en Brisbane y compré la estación de ganado. Resultó que estuve en el momento adecuado en el lugar adecuado porque el país necesitaba nueva tecnología. El dinero comenzó a llover y el trabajo me ofreció una buena distracción, pero siempre que tenía algo de tiempo libre lo empleaba trabajando en la tierra, en Poonbarra.

Debió de ser como un escape para él, pensó Sophie, arrear al ganado y construir esas vallas. Trabajar duro y sudar bajo el fiero e implacable sol. Una nueva vida alejada del dolor de la antigua. Tal como le había pasado a ella.

Suponía que por eso no había vuelto a Inglaterra con frecuencia y no había visto mucho a su familia en los últimos años, porque la idea de encontrarse con la gemela de Molly debía de haberlo llenado de horror. Pensó en lo que había dicho sobre su madre. Las mujeres no se habían portado bien con Rafe Carter y no le extrañaba que huyera de los compromisos y que las viera simplemente como un entretenimiento sexual.

Pero ahora estaba enfrentándose a la oscuridad de su pasado. ¿Significaba eso que había trazado una línea y que podía dejarlo todo atrás?

–Rafe...

–¡No! –le contestó él con dureza–. No quiero hablar más del tema, Sophie. ¿Lo entiendes?

Sí, claro que lo entendía, ¿cómo no? Asintió cuando él comenzó a avanzar hacia ella y por su mirada supo que quería desahogarse de un modo muy concreto. ¿La estaba utilizando para borrar los recuerdos amargos de lo que le había hecho otra mujer? ¿Y no debería ella negarse? Sin embargo, en cuanto la rodeó con sus brazos y la besó, no le importó. ¿A quién le importaba si la pasión venía alimentada por la rabia? ¿Tan malo era desearlo tanto?

La besó con una dureza brutal, pero cuando ella posó las manos a los lados de su cabeza, él gimió y suavizó el beso. Le bajó la cremallera de la falda, que cayó al suelo, y ella le desabrochó el cinturón del pantalón. Ambos, desesperados por desnudarse mutuamente. Pero sintió algo profundo en el corazón cuando Rafe la llevó contra su cuerpo desnudo; un estúpido anhelo que le hizo desear algo más que una mera satisfacción física.

La alfombra frente al fuego no era especialmente suave, pero a Sophie tampoco le importó. Lo único que podía sentir era la calidez de las llamas devorando su piel desnuda mientras sus cuerpos se fundían en uno. Sin decir nada, se sentó a horcajadas sobre él. Sintió los duros huesos de sus caderas contra la suavidad de sus muslos y lo sintió a él, muy adentro, profundamente. Nunca lo habían hecho en esa postura y su inicial timidez quedó bloqueada por la mirada de placer de Rafe mientras la llenaba. Él posó los dedos sobre sus pechos y jugueteó con los endurecidos pezones mientras ella se movía sobre él totalmente desinhibida. Y cuando el cuerpo se le empezó a tensar con el ya familiar placer del orgasmo, él la sujetó con fuerza para adentrarse más en ella hasta hacerla gemir y gritar en griego.

Debió de quedarse dormida porque cuando abrió los ojos vio que Rafe los había cubierto a ambos con una manta y que tenía su cuerpo desnudo contra su espalda. Por un momento se regocijó en la calidez de su piel y en cómo sus brazos caían sobre sus caderas de cualquier modo y sus dedos descansaban sobre el vértice de sus muslos. Recordó lo que le había contado sobre su pasado. ¿Significaría algo que hubiera elegido confiar en ella o tal vez estaba viendo cosas donde no las había? No importaba. El futuro podía esperar. Estar ahí tumbados, juntos, era perfecto. Pero justo entonces, alguien llamó a la puerta.

–¿Rafe? –era la voz de Nick.

–Largo –farfulló Rafe con su cálido aliento contra la nuca de Sophie.

–Tengo que hablar contigo. Ahora.

Maldiciendo, Rafe se levantó, se puso unos vaqueros y aún subiéndose la cremallera, abrió la puerta. No invitó a su hermanastro a pasar y Sophie no pudo oír lo que decían, solo el suave murmullo de sus voces antes de que Rafe cerrara la puerta y entrara de nuevo en el dormitorio.

–¿Pasa algo?

–Podría decirse. A mi hermano lo ha llamado el dueño del pub del pueblo. La nieve ha empezado a derretirse y un hombre y una mujer se han registrado en el hostal. Cree que podrían ser periodistas.

Ella se incorporó y se aferró a la manta.

–¿Cómo...?

–Sospecho que Sharla les ha dicho que estás aquí.

Involuntariamente o no... no lo sé. La cuestión es cómo nos ocupamos ahora de esto.

–Solo hay un modo de ocuparse de esto y no puedo seguir evitándolo eternamente. No tiene ningún sentido que intente inventarme otra vida, no servirá de nada. Y tal vez haya llegado el momento de dejar de correr, de que Myron se entere de que ya soy mayorcita y que puedo tomar mis propias decisiones. De decirle que tengo que forjarme un nuevo futuro por mí misma.

–¿Y sabes cuál será ese futuro?

–Aún no. Esperaba...

–¿Qué esperabas?

–No lo sé. Después de mi intento fallido de independencia, es una pena que tenga que volver a verme perseguida por la prensa.

–¿Y por qué dejar que la maldita prensa te acorrale? ¿Por qué volver antes de lo planeado?

–No tengo alternativa, Rafe. No puedo quedarme aquí y no me veo capaz de plantarme en cualquier otro sitio justo antes de Navidad, con una horda de periodistas hambrientos de noticias pisándome los talones.

Hubo una pausa.

–A menos que vinieras a Nueva York conmigo a pasar las Navidades.

–¿Y no tienes planes? –le preguntó intentando aplastar el atisbo de esperanza que brotó en su corazón.

–Ninguno que no pueda cambiar. Lo único inamovible es mi viaje a Vermont para esquiar el día de San Esteban. Pero Nueva York es la ciudad más anónima del mundo y puedo hacer que mi relaciones públicas se asegure de que nadie te moleste.

–No sé –dijo Sophie a pesar de estar embargada por una emoción que intentaba controlar.

–La ciudad está preciosa en Navidad –prosiguió él

con tono suave–, y creo que aún tenemos que practicar mucho más sexo antes de que esté dispuesto a dejarte marchar. No te estoy ofreciendo un hogar tal como tú lo entiendes. Solo un refugio temporal.

Aunque la dureza de sus palabras no dejaba lugar a dudas sobre lo que sentía por ella, era mejor saber a qué se atenía. Y, además, Rafe le estaba ofreciendo una solución, ¿verdad? Una ayuda muy práctica en forma de descanso navideño en una ciudad que no había visitado nunca en lugar de un regreso a su isla envuelto en escándalo. Lo cierto era que la elección era clara.

–Me gustaría.

–Bien. En ese caso, haré que preparen el jet –respondió él bajándose la cremallera de los vaqueros con un brillo en la mirada y caminando hacia ella–. Y mientras tanto... ¿por qué no sueltas la manta?

Capítulo 9

U N ÁTICO casi rozando el cielo bajo la luz del nevoso invierno, elevándose sobre las calles y alejado de los ruidos del tráfico de Nueva York. Elegido específicamente por su aislamiento y porque ahí nadie podía ni verte ni oírte. Un piso que Rafe nunca había compartido con nadie.

Hasta ahora.

Miró la espalda de Sophie, destacada contra la silueta de Manhattan mientras ella observaba a las personas que, a lo lejos, no parecían más que pequeñas hormigas. Su hogar, su espacio, su vida. Una fortaleza que hasta ahora se había mantenido intacta. Allí apenas iba gente porque la hospitalidad nunca había sido uno de sus rasgos. Él prefería sacar a la gente a cenar más que verse encerrado en casa con unos invitados que no captarían sus indirectas y no se marcharían a sus casas. Y lo mismo le sucedía con sus amantes. Prefería evitar el incómodo ritual matutino de intentar sacar de su casa a una mujer que se quería quedar allí.

¿Por qué había invitado a Sophie? Le recorrió las piernas con la mirada. ¿Porque en parte se sentía responsable de que la prensa hubiera llegado a los Cotswolds? Sí. Y la química sexual que tenían había sido un aliciente añadido. ¿Por qué darle la espalda a una compatibilidad física tan buena como la que compartían? Pero había algo más. Había confiado en ella, le había contado cosas que no le había contado a nadie. Cosas que habían removido sentimientos por dentro que le habían dejado vacío. Había pensado que exponer sus secretos haría que la oscuridad desapareciera, pero se había equivocado. Se dijo que simplemente necesitaba tiempo.

Lo sacudió otro golpe de deseo al verla cambiar de postura. Esa mañana mientras contemplaba el paisaje urbano, llevaba una de sus camisas, que le caía justo por debajo de las nalgas. La pose que había adquirido estaba diseñada para lucir sus largas piernas, algo que él sospechaba que ella sabía demasiado bien a pesar de su relativa inexperiencia. Pero aprendía rápido, pensó con aprobación. Había aprendido a desnudarse y a provocarlo mucho mejor que cualquiera de esas strippers de clase alta que sabía que los turistas ricos visitaban en Midtown West.

El miembro le palpitaba de deseo cuando se acercó por detrás, la rodeó con los brazos por la cintura y le apartó esa oscura melena aún húmeda para darle un beso en el cuello.

—¿Has nadado mucho?

—Cincuenta largos. Y lo único que he tenido que hacer es tomar el ascensor.

—Eso es lo bueno de tener una piscina en el sótano.

—Sí. Rafe —añadió ella mientras él le cubrió los pechos con las manos y los acarició a través de la camisa—. ¿Eres consciente de que estoy delante de la ventana?

—Sí. Y estás en el piso diecinueve.

—Alguien podría tener unos prismáticos.

—El cristal es de espejo —respondió él bajando una mano—. Y eso significa que nadie puede vernos aunque, si te excita, siempre puedes fingir que alguien está viendo cómo cuelo la mano entre tus piernas y te acaricio así.

–Eres... –dijo ella con la voz entrecortada mientras él hundía los dedos en su interior– incorregible.

–¿Lo soy?

Él la acarició deleitado por cómo Sophie echó la cabeza atrás, sobre él; deleitado por el aroma de su sexo en el aire cuando la llevó hasta un estremecedor clímax justo ahí, frente a la ventana. Al notar que le temblaban las piernas, pensó en llevarla al sofá, pero cuál fue su sorpresa cuando ella recobró el equilibrio, se giró y con el rostro sonrojado y una pequeña sonrisa deslizó la mano sobre su miembro.

–¡Oh! –exclamó Sophie mordiéndose el labio inferior casi con timidez mientras exploraba su palpitante rigidez cubierta por la tela de los vaqueros–. Por lo que veo, es usted un hombre muy excitable, Rafe Carter.

Él soltó una sexy carcajada.

–¿Eso soy?

–Entre otras cosas.

El crujido de la cremallera al bajar fue el único sonido que acompañó a la respiración entrecortada de Rafe cuando ella se puso de rodillas y lo acarició con los dedos antes de hacerlo con los labios.

–Sophie –gimió él mientras ella lo lamía.

Sophie disfrutó con la sensación de tomar entre sus labios su parte más íntima. Le gustó sentir ese sedoso grosor en la boca tanto como le gustó saborear esa gota salada que le indicó que se acercaba al clímax. Le había enseñado muchas cosas sobre su propio cuerpo y sobre el de él.

En ocasiones deseaba poder detener el tiempo porque se acercaba la Navidad y una vez terminara, estaría muy lejos de ahí. De él.

Pero pronto ignoró esos pensamientos, justo cuando Rafe hundió los dedos en su pelo. Sintió cómo su excitación fue en aumento y cómo se tensó y al instante, mientras le llenaba la boca con su esencia, lo oyó gemir de placer.

Abrió los ojos y lo encontró mirándola. Se pasó la lengua por los labios, que seguían algo pegajosos y salados. Sin dejar de mirarla fijamente, y con delicadeza, Rafe la levantó, la llevó al enorme cuarto de baño anexo al dormitorio y abrió el grifo de la ducha.

–¿Adónde quieres ir a almorzar? –le preguntó mientras la enjabonaba.

–Me encantaría volver a ese restaurante tan bonito en Gramercy.

–Pues ahí iremos.

–¿No tendrás que reservar?

Él sonrió. Estaba aclarando las pompas de jabón que la cubrían y prestando especial atención a la zona de sus pezones.

–Yo nunca tengo que reservar.

Tras el almuerzo en un exquisito restaurante con vistas a un jardín nevado, fueron a una galería de arte en Chelsea donde un amigo de Rafe estaba exponiendo sus esculturas. Sophie bebió champán, charló con el artista y decidió que le gustaba Nueva York, una ciudad donde era posible perderse y pasar desapercibido. Le gustaba casi tanto como Poonbarra. De pronto se le detuvo el corazón. Los dos lugares que más identificaba como su hogar tenían una cosa en común.

Él.

Miró hacia donde se encontraba Rafe observando

una escultura y vio a una despampanante rubia intentando captar su atención.

Pensó en cómo sería todo cuando volviera a Isolaverde, pensó que algún día esa rubia, u otra mujer como ella, no se limitaría a charlar con Rafe sobre una escultura de mármol sino que lo acompañaría hasta su precioso ático para hacerle lo que Sophie acababa de hacerle. De pronto unas angustiosas imágenes la asaltaron: otra mujer bajándole la cremallera de los vaqueros. Otra mujer tomándolo en la boca...

Se le encogió el corazón al dejar la copa sobre una bandeja y esperó a que esa desagradable sensación pasara. Esos golpes de anhelo, esas reacciones tan posesivas, se habían hecho cada vez más frecuentes según iban pasando los días. ¿Serían celos sexuales lo que estaba experimentando o algo más? ¿Algo que temía admitir porque era tan inútil como esperar que el sol saliera en mitad de la noche? Sus sentimientos por Rafe se estaban convirtiendo en algo más complicado de lo que se podía haber imaginado.

Mucho más complicado de lo que él habría querido.

Sospechaba que Rafe la apartaría de inmediato ante la más mínima sospecha de que estuviera empezando a sentir algo por él, tal como le había advertido que no hiciera desde el comienzo.

Intentó identificar el momento en el que el deseo sexual había dado paso a la ternura y esta al anhelo de un futuro que jamás podría tener. ¿Habría sido el momento en que la había protegido de la prensa y había seguido protegiéndola en su ciudad de adopción? ¿O habría sido cuando le había hecho el amor y le había mostrado que el sexo podía ser tan tierno como ardiente?

Tragó saliva.

No. Sabía exactamente cuándo había sido: cuando le había abierto su corazón para contarle que había perdido un bebé y ella había visto auténtico dolor en su rostro y había oído la amargura en su voz. En ese momento le había mostrado una vulnerabilidad que ella jamás habría asociado a un hombre como él, y eso lo había cambiado todo.

Pero no quería que cambiara nada porque no se podía permitir enamorarse de Rafe Carter.

La mañana de Navidad Sophie fue la primera en levantarse. Salió de la cama y se vistió antes de entrar en la cocina. Sonrió de satisfacción al cascar el primer huevo. Seis meses atrás no había sabido distinguir una cacerola de una sartén y ahora hacía la mejor tortilla de Manhattan. Bueno, eso era lo que Rafe decía. Estaba canturreando cuando él salió del dormitorio en calzoncillos y atusándose el pelo.

De pronto se quedó paralizado y la miró.

–¡Por Dios! ¿Qué es esto?

–¿No te gusta?

Sophie era como una fantasía erótica hecha realidad: frente a él, con un picardías corto de seda rojo bordeado con piel de borrego blanca. Debajo, unas diminutas braguitas a juego y en la cabeza un gorro de Santa Claus.

–Ven aquí.

–Es mi regalo de Navidad –dijo ella rodeándolo por el cuello–. Porque no se me ocurría qué otra cosa regalarte. Eres el hombre que lo tiene todo.

–Este es el mejor regalo que me han hecho en la vida y estoy a punto de desenvolverlo.

Los huevos se quedaron fríos para cuando se sentaron a desayunar, y después pasearon por la nieve en

Central Park, pasaron por la Grand Army Plaza y terminaron en Bryant Park. Una vez en casa, Rafe preparó unos bistecs con ensalada. Comieron junto al diminuto árbol de Navidad que habían adornado juntos y, después de fregar los platos, él le dio un paquete envuelto con papel con motivos de acebos.

–Feliz Navidad, Sophie.

A ella le temblaban los dedos al abrirlo y, aunque probablemente era el regalo más barato que le habían hecho en toda su vida, no podía recordar algo que le hubiera hecho tanta ilusión. Era una bola de nieve. Una versión en miniatura del árbol de Navidad del Rockefeller que la había llevado a ver en cuanto habían aterrizado con su jet privado.

–Oh, Rafe –dijo intentando que la emoción no le tiñera la voz–. Es... preciosa.

–Para que te acuerdes de Nueva York cuando estés en Isolaverde.

–Sí.

Esas palabras cayeron entre los dos como una pesada roca y ahora el dolor que sintió fue mucho más intenso. No era volver a su vida de princesa lo que le resultaba espantoso sino la idea de no tener a Rafe a su lado. Intentó imaginarse despertando por la mañana sin tenerlo junto a ella y pensó en lo rápido que se acostumbraba uno a algo que había resultado ser lo mejor de su vida.

–¿Ya has pensado lo que vas a hacer? ¿Vas a sentirte realizada pasándote la vida cortando cintas y descubriendo placas de bronce?

–No. Me he dado cuenta de que las cosas van a tener que cambiar. Quiero implicarme más en mis organizaciones benéficas y voy a tener que inventarme algún cargo que me resulte satisfactorio.

–Así es como habla la Sophie profesional. ¿Pero qué pasa con Sophie en el terreno personal?

–¿Qué quieres decir?

–¿No está claro? ¿Lo de Luc te ha dejado marcada para siempre o quieres llegar a conocer a alguien, casarte y tener hijos?

Ella cambió de postura en el sofá. Se sentía incómoda porque nadie se había atrevido nunca a hacerle una pregunta tan descaradamente personal.

–Por supuesto que quiero eso. La mayoría de las mujeres lo queremos –admitió con sinceridad y sonrojándose un poco porque era consciente de que tenía delante al único hombre con el que querría tener todo eso–. Pero ya que hay todo tipo de obstáculos, no es nada probable que lo logre.

–¿Qué clase de obstáculos?

–Bueno, conocer a un hombre es muy complicado. Solo funcionaría si me casara con alguien apropiado y no es que el abanico de príncipes disponibles y aptos sea muy amplio –dijo girándose para contemplar cómo caía la nieve–. Pero bueno, todo eso pertenece al futuro, que empieza mañana. Porque mañana es San Esteban y mientras yo esté camino del Mediterráneo tú estarás lanzándote por la ladera de una montaña nevada en Vermont. ¡Qué suerte! No lo habrás olvidado, ¿verdad?

–No, no lo había olvidado –respondió él girándole la cara para verle los ojos–. Pero ahora mismo la idea de esquiar es menos atrayente que la de llevarte a la cama y pasar ahí el resto del día.

–¿Quieres decir que quieres aprovechar al máximo las pocas horas que nos quedan juntos?

–No. No solo eso.

–¿Entonces qué?

Rafe sacudió la cabeza. Había intentando ocultarlo,

hacer como si no importara, pero estaba descubriendo que ese nuevo anhelo que lo invadía sí que importaba. Y tal vez siempre importaría a menos que hiciera algo al respecto. «Pues hazlo. Hazlo ya», se dijo.

–¿Y si te ofreciera una solución alternativa? ¿Algo que implicara que no tuvieras que volver a tu antigua vida? ¿Una solución que respondiera a nuestras... necesidades?

–No lo entiendo.

–Pues escucha –se detuvo–. He estado pensando... He pensado mucho en algo que me dijo Ambrose en el bautizo.

La miró a los ojos. La magnitud de lo que estaba a punto de decir lo sacudió con fuerza y se le encogió el corazón con algo parecido al dolor al darse cuenta de que estaba a punto de hacer lo que se había pasado la vida evitando. Pero ni siquiera el miedo bastó para detenerlo. Recordó tener a su pequeño sobrino en brazos, su calidez, su dulce olor y ese pelo ondulado que le había rozado la mejilla. Pero sobre todo recordó la sensación de saber que tener un hijo sería el único modo de poder sanar las heridas del pasado.

–Mi padre me preguntó a quién le iba a dejar mi fortuna y le dije que tenía pensado donarlo a la beneficencia, pero en ese momento me di cuenta de que quería lo que no había tenido nunca.

–No lo entiendo –susurró ella.

Hubo otra pausa antes de que él pronunciara las palabras que marcarían un punto de no retorno.

–Una familia. Una familia de verdad.

Sophie se inclinó hacia delante y le agarró la mano.

–Dime –le susurró.

Y entonces, de pronto, Rafe no necesitó más. Sintió los dedos de Sophie cerrándose alrededor de los suyos, oyó el fuerte latido de su corazón y las palabras salieron sin más.

–Aunque vengo de una gran familia, crecí sin conocer a mis hermanos. Mi padre dejó a mi madre por su comportamiento y, como consecuencia, ella y yo estuvimos alejados del resto de los Carter durante años.

–¿Por su comportamiento?

–¿Tienes una mente lo suficientemente abierta? ¿Te escandalizas con facilidad? A mi madre le gustaban los hombres. ¡Le gustaban mucho! Más que ninguna otra cosa –hubo una pausa–. Mucho más que yo.

–Oh, Rafe.

–Después del divorcio, no buscaba otro marido porque la pensión que le quedó la dejó muy bien situada. Su idea de diversión era tener libertad para atrapar a un amante jovencito y apasionado.

–¿Y qué pasaba contigo mientras ella se dedicaba a eso?

–Yo me quedaba solo en las suites de los hoteles viéndola aparecer con el vestido más ajustado que encontraba y con el segundo o tercer martini en la mano. A veces volvía esa misma noche, pero normalmente no volvía hasta la mañana siguiente. No puedo contar la cantidad de hombres distintos que me encontré por las mañanas entre botellas de champán vacías y colillas de cigarros. La mayoría de los niños odiarían que los enviaran a un internado, ¿pero sabes qué? A mí me encantaba porque me sentía seguro y era un lugar ordenado y estructurado. Lo que yo temía eran las vacaciones.

–No me extraña –respondió ella mirándolo a los ojos–. ¿Pero por qué me cuentas todo esto?

Él no dejaba de mirarla a los ojos.

–Porque cuando tuve en brazos a mi sobrino, me di cuenta de lo que me había estado perdiendo. Me di cuenta de que quería lo que no había tenido nunca. Una familia propia. Y creo que podría tener una contigo.

A Sophie le comenzó a latir el corazón con fuerza, no muy segura de si se sentía feliz o confundida. ¿Podría atreverse a creer que los sentimientos de Rafe estuvieran cambiando también? ¿Se refería él al mismo futuro que ella había empezado a desear en secreto? «Por favor, sí, por favor».

–¿Conmigo?

–Sí, contigo. Me dijiste que te gustaría tener una familia algún día y, bueno, a mí también. Me dijiste todas las razones por las que eso no sucedería y yo te estoy dando todas las razones por las que sí. No te puedo ofrecer amor, pero tal vez no sea necesario dado lo pragmática que eres. Me dijiste que no amabas a Luc, pero sin duda admitiste que los matrimonios concertados pueden funcionar.

–¿Has dicho «matrimonio»?

–Sí, porque no veo cómo podría suceder de otro modo.

–¿Te casarías conmigo simplemente para lograr tu sueño de tener una familia?

–También es tu sueño. Y no, no solo por eso. Hay muchas otras razones por las que podría funcionar. Somos compatibles en muchos aspectos, Sophie, y lo sabes.

Sophie se quedó consternada por haberlo interpretado todo tan mal. Había estado pensando en amor y él claramente se había centrado en el sexo.

–¿Quieres decir en la cama?

–Sí, en la cama. Nunca he deseado a una mujer tanto como te deseo a ti. No tengo más que mirarte para... bueno, ya sabes lo que pasa cuando te miro –sonrió–. Pero esto no es solo por el sexo. No me aburres ni esperas que te entretenga. Y si accedes a casarte conmigo, te prometo que te seré fiel, te doy mi palabra. Te prometo que seré un buen marido y un buen padre para nuestros hijos. Prometo que te apoyaré en todo lo que quieras hacer –su mirada brillaba tanto que parecía estar en llamas–. Bueno, ¿qué me dices? ¿Te casarás conmigo, Sophie?

Era una pregunta importante y Sophie sabía que para responder esa clase de preguntas uno tenía que tomarse su tiempo, al igual que sabía que uno nunca debía permitir que la expresión facial delatara al pensamiento. A menudo había pensado que su educación como miembro de la familia real habría sido muy útil para dedicarse al póquer profesionalmente y, aunque el juego nunca la había tentado, ahora sí que podía hacer uso de esas habilidades.

Así que ocultó su amarga decepción por el hecho de que los sentimientos de Rafe no hubieran cambiado. ¿Tan ilusa era como para pensar que había empezado a sentir algo por ella? ¿No le había dicho desde el principio que él no se enamoraba? Ahora que sabía más de él, entendía por qué. Entendía sus problemas para confiar en la gente y por qué nunca había sentado cabeza. Había tenido una infancia dura y la riqueza económica de sus padres probablemente lo habían empeorado todo. Si su madre lo hubiera abandonado en un mugriento bloque de apartamentos, las autoridades habrían actuado, pero en el mundo protegido de lujosas suites de hotel, nadie se habría percatado de su situación.

Y después había llegado otra traición, una aún mayor, la de Sharla. ¿No lo ayudaría un hijo a superar esa terrible pérdida?

Lo miró a los ojos. Le había jurado que le sería fiel y lo creía. No le haría lo que le había hecho Luc ni le entregaría su corazón a otra. Durante su infancia había vivido lo destructivas que podían ser las infidelidades y no querría repetir el mismo patrón. Nunca había tenido la oportunidad de crear su propia familia y era lo que deseaba por encima de todo. Ese hombre poderoso con tantas riquezas a su disposición no quería nada más que un bebé.

Y ella también.

Un bebe de él.

¿Por qué no podría funcionar un matrimonio concertado? Había quienes consideraban que el amor era un ideal poco realista y tal vez tenían razón. El matrimonio de sus padres había sido concertado y la suya había sido una unión larga y feliz. ¿Por qué no podía ella tener lo mismo con Rafe y beneficiarse de todo lo que conllevaba? Compañía, sexo y seguridad. Mejor no amar que fingir amar, ¿no? Y, de todos modos, el amor a veces podía crecer...

—¿Pero qué iba a hacer yo como tu esposa?

—Puedes hacer todo lo que quieras, Sophie. Solo piensa en lo que conseguiste en Poonbarra.

—¿Te refieres a que pasé de no saber lo que era un abrelatas a hacer un pastel que, al parecer, le describiste a Andy como «corriente»?

Él se rio.

—Se suponía que no iba a decírtelo. Es que a mí no me gustan los pasteles. Pero eres capaz de hacer cualquier cosa.

Y fue eso lo que le bastó. Tuvo la misma sensación que la había embargado al contemplar las estrellas aquella noche mientras cruzaba el océano en dirección a Australia, esa misma sensación de esperanza. Eran las palabras más alentadoras que le habían dirigido en su vida y habían estado cargadas de sinceridad.

–Entonces sí, me casaré contigo –respondió en voz baja–. Y tendré una familia contigo y te seré fiel y leal. Porque creo que tienes razón. Creo que somos compatibles en muchos aspectos.

–Tendremos una buena vida juntos, Sophie. Te lo prometo.

El efecto de su sonrisa hizo que se le dispararan las emociones. Pero demasiadas emociones resultaban peligrosas y no podía olvidarlo. Respiró hondo y esbozó una fría sonrisa.

–Sí, la tendremos.

–Y ahora, ¿no tenemos que sellarlo con un beso? –le preguntó Rafe llevándola hacia sí–. ¿Y no tenemos que ir a comprar un anillo digno de una princesa?

–No tan deprisa. Podemos ocuparnos de lo del anillo, pero para casarse con alguien como yo se requiere un protocolo. Antes de hacer nada, tendrás que venir a Isolaverde y pedirle permiso a mi hermano.

Capítulo 10

A SOPHIE se le salía el corazón del pecho cuando los hicieron pasar al salón del trono del palacio de Isolaverde. De camino al estrado situado al fondo de la sala, y mientras pasaba por delante de los preciosos retratos de sus ancestros, oía las pisadas de sus tacones resonando sobre el pulido suelo de mármol.

Le parecía que hubiera pasado una eternidad desde la última vez que había estado allí, en ese magnífico lugar donde su hermano había sido coronado tras la repentina muerte de su padre y donde su madre, abatida por el dolor, se había sentado a velar el féretro del difunto rey.

Al oír las pesadas puertas cerrarse tras ellos, Sophie pensó en todo lo que había visto y hecho desde la última vez que había visto a su hermano. California y un océano cruzado. El calor del desierto australiano, la nieve y la serenidad de los Cotswolds y el dinámico y festivo ambiente navideño de Nueva York. Y ahora volvía a estar en su isla, sintiéndose como una extraña en su propio hogar y con el hombre que la acompañaba a punto de pedirle su mano al rey.

Al tomar asiento se preguntó si Rafe se habría quedado deslumbrado por los tronos situados ante él adornados con diamantes, rubíes y esmeraldas. Un trono estaba vacío, a la espera de la esposa que su hermano parecía tan reticente a encontrar ya que se rumoreaba que tenía una amante que le impedía cumplir con su destino. No por primera vez Sophie reconoció la desigualdad existente entre los hombres y las mujeres dentro de la realeza. A Myron se le había permitido tener todo el sexo que había querido mientras que a ella se le había exigido guardar su virginidad hasta la noche de bodas. ¿No era una injusticia? Se humedeció los labios al mirar la imponente figura de su hermano, con su rostro adusto y recostado en el trono con las piernas cruzadas con la despreocupación de un hombre nacido para gobernar.

–Tengo entendido que le ha ofrecido asilo y protección a mi hermana –dijo el rey sin preámbulo–, y por eso estoy en deuda con usted y será recompensado. Sin duda, la princesa ha actuado con terquedad, pero ya está en casa y todo es como debería ser. Tanto si usted desea tierras como capital, procuraré complacerlo, Carter –y esbozando una sonrisa irónica añadió–: Dentro de lo razonable, por supuesto.

Rafe le devolvió la sonrisa.

–Me honra recibir la oferta de Su Majestad –dijo con actitud muy diplomática–. Pero no me ha supuesto nada ofrecerle mi protección a su hermana y, en realidad, ella se ha valido por sí misma de un modo admirable durante muchos meses. Unos meses durante los que mis hombres me han asegurado que ha sido la mejor cocinera que ha habido en la estación de ganado.

Un brillo de irritación iluminó los ojos azules del rey.

–No tengo ningún deseo de imaginarme a la princesa ocupando un puesto de semejante servilismo. Mejor hablemos de cómo será recompensado usted.

–Pero, Su Majestad –apuntó Rafe con tono suave–,

no tengo ni deseo ni necesidad de recibir una recompensa económica. No deseo recibir nada a cambio de algo que he hecho con sumo placer.

Sophie se puso nerviosa. ¿Es que Rafe no se daba cuenta de que rechazar la oferta de Myron era lo último que debía hacer? ¿Que era un gesto de mala educación negarle al rey cualquier cosa?

Durante un momento los hombres no se dijeron nada y se limitaron a mirarse como sumidos en una silenciosa batalla.

—Como desee —dijo Myron finalmente, incapaz de ocultar el gesto de irritación cuando quedó claro que Rafe no tenía intención de retractarse—. Pero en cuanto al otro asunto que me expuso nada más llegar, me temo que no puedo ser tan razonable. ¿Dice que desea casarse con mi hermana? —preguntó enarcando las cejas antes de sacudir la cabeza—. Me temo que no es posible por razones que seguro no necesita que le detalle.

Rafe asintió y, deliberadamente, agarró la mano de Sophie. ¿Lo habría hecho para protegerla y que su hermano no viera cómo le temblaban las manos?

—Entiendo sus dudas, Su Majestad, porque Sophie es su hermana y la quiere y se preocupa por su bienestar y, está claro que no soy el esposo que usted habría elegido para ella, principalmente porque no pertenezco a la realeza. Pero poseo una enorme fortuna y los medios necesarios para proteger a la princesa tanto como se la ha protegido siempre. No debe temer por su futuro.

—Esa no es la cuestión —contestó Myron bruscamente y poniéndose derecho—. Le he mandado investigar.

—No lo dudo —respondió Rafe con tono calmado—. Yo habría hecho exactamente lo mismo en su lugar.

–Y su familia goza de una reputación... dudosa, por decir poco.

–Tenemos una historia bastante pintoresca, eso no lo voy a dudar, pero jamás le haré daño a su hermana y nada de lo que usted diga o haga me hará cambiar de opinión. Porque estoy dispuesto a casarme con ella, con o sin su permiso, aunque sería mejor si lo pudiéramos hacer con su bendición. Por supuesto –añadió apretando los dedos de Sophie–. En Nueva York le juré a la princesa que le sería fiel y leal y hoy repito ese juramento en su presencia porque tengo la intención de ser el mejor esposo posible.

Sophie se sintió al borde del desmayo. Nadie le hablaba así a Myron. ¡Nadie! Y nadie lo interrumpía de ese modo. Miró a su hermano esperando ver el primer atisbo de furia, pero para su asombro en sus ojos solo vio un brillo de frustración que fue dando paso gradualmente a uno de reticente aceptación.

–Es usted un hombre fuerte, Carter. Y una mujer necesita a un hombre fuerte. Muy bien. Tiene mi permiso para casarse con mi hermana. Se convertirá en su esposa aportando una generosa dote.

–¡No! –contestó Rafe con firmeza–. Sophie aportará al matrimonio solo lo que desee aportar. Algún que otro objeto con valor sentimental, pero nada más.

¿Algún que otro objeto con valor sentimental?

Por primera vez desde que había aceptado su propuesta, Sophie sintió miedo y la recorrió un escalofrío al verlos estrecharse la mano como si estuvieran sellando un negocio. Lo que acababa de presenciar era una especie de batalla entre dos machos alfa acostumbrados a salirse siempre con la suya.

Rafe no había vacilado ni se había dejado avasallar, se había mostrado como un hombre poderoso e indomable. Le había plantado cara a Myron como nunca había visto hacerlo a nadie y había ganado, como un hombre que se lleva el premio gordo en una partida de cartas.

Se obligó a dejar de desear lo imposible, a ser realista porque eso era lo que quería, ¿verdad? Quería a Rafe, un hombre que la hacía sentirse viva, que le hacía pensar que era capaz de lograr cualquier cosa. Por todo ello se había sentido feliz durante el trayecto de vuelta a la isla. Y sí, lo que Rafe sentía por ella tenía ciertas limitaciones, eso él lo había dejado muy claro. No le estaba prometiendo ni amor ni un romance de cuento de hadas, pero tampoco la estaba mintiendo ni estaba fingiendo unos sentimientos que no tenía. Así que, ¿no debería darle las gracias por ello?

Pero cuando Myron se dispuso a salir de la sala, Sophie supo que lo último en lo que debía pensar era en estar agradecida.

–Gracias, Myron –dijo consciente de que su voz carecía de la alegría que debía sentir porque lo único que podía sentir fue una incómoda y repentina sensación de vacío.

–He alojado a Rafe en la suite del Embajador. Aunque imagino que habéis estado viviendo juntos en Nueva York, sugiero que no molestéis al personal de palacio con demasiados cambios. Va a costarles acostumbrarse a que tengas un marido plebeyo y creo que es mejor que no compartáis dormitorio hasta después de la boda. Dejemos que la tradición prevalezca por encima de todo. Creo que deberíais adoptar un enfoque extremadamente sutil y discreto.

Sophie miró a Rafe esperando que también pusiera objeción a eso ya que para un hombre con semejante apetito sexual resultaría algo anticuado e hipócrita que durmieran en habitaciones separadas. Sin embargo, para su asombro, él asintió sin más.

–Estoy totalmente de acuerdo.

–Bien. Sería un honor que fuera mi invitado en el baile de Fin de Año que celebramos en el palacio cada año. Será una buena ocasión para presentarle a lo mejor de la sociedad de Isolaverde. Podemos anunciar el compromiso el día de Año Nuevo –y mirándolo fijamente a los ojos, añadió–: Si esto también es de su aprobación.

–Absolutamente. Será un honor.

Sophie no pudo evitar sentir cierto desencanto por cómo los dos hombres habían hablado sobre ella como si no fuera más que un objeto de trueque. De pronto, sintió como si hubiera vuelto a asumir el papel de princesa, como si el pesado manto de la realeza hubiera vuelto a caer sobre ella y estuviera amenazando con asfixiarla. La mujer que había despejado nieve de caminos y batido huevos ataviada con un estúpido disfraz de Santa Claus ahora se sentía como si perteneciera a otra vida.

Junto a Rafe y un pequeño séquito de sirvientes recorrieron los laberínticos pasillos del palacio hasta la lujosa suite del Embajador. Una vez solos por fin, él la tomó en brazos. Debería haber sido un placer verse de nuevo tan cerca de él, pero Sophie no podía sacarse de la cabeza la idea de que lo que estaban haciendo no estaba bien.

–¿Y qué hacemos ahora? –preguntó él deslizando el pulgar sobre su pecho y rozándole los labios con la calidez de su aliento–. ¿Alguna idea?

–Tendremos que prepararnos para la cena y mis dependencias están en el otro extremo del palacio, así que será mejor... que me vaya.

—La cena puede esperar —murmuró Rafe deslizando la mano sobre su espalda hasta la curva de sus nalgas.

Ese era el punto en el que ella solía empezar a derretirse, cuando le hervía la sangre y su piel se volvía más sensible ante la posibilidad de hacer el amor con él. Sin embargo, ahora Sophie solo sentía una acusada timidez. Se sentía como si la estuvieran observando y escuchando. Se preguntó si los sirvientes estarían merodeando por allí ansiosos por saber si la princesa intimaría con el plebeyo que había metido en el palacio y se quedó paralizada. Mientras Rafe le desabrochaba la camisa, el roce de sus dedos le resultó extraño. Y cuando él le desabrochó el sujetador y liberó sus pechos, se sintió como si todo eso le estuviera pasando a otra persona en lugar de a ella.

—La cena no puede esperar —le respondió mirando sus dedos color oliva contra su piel algo más clara. Por una vez no le temblaban las rodillas y no se le habían erizado los pezones. Por una vez no sentía nada—. Es algo a lo que será mejor que te vayas acostumbrando. Siempre se sirve a las ocho y llegar tarde se consideraría un insulto al rey.

—¿Y? Tenemos un par de horas —contestó él besándole el cuello—. Tiempo de sobra para lo que se me está pasando por la cabeza. Hace horas que no te hago el amor, Sophie... y me empieza a afectar el síndrome de abstinencia. Pero si me estás diciendo que vamos justos de tiempo, no nos molestaremos ni en meternos en la cama. Podemos hacerlo... aquí mismo.

Ella no pudo detenerlo. Se dijo que no quería detenerlo, y era la verdad, porque pensó que recuperaría la pasión a medida que él siguiera amándola. Por eso dejó que la llevara contra la pared y le bajara las braguitas por los muslos, y lo ayudó a bajarse la cremallera, tensada por su poderosa erección. Incluso le puso el preservativo tal como Rafe le había enseñado, pero no sintió el mismo placer cuando él se adentró en ella.

Hizo todo lo que hacía siempre, lo envolvió con sus piernas sintiendo el roce de su falda contra sus muslos desnudos y hundió la cara en su cuello mientras él se adentraba más en su cuerpo. Pero ese día fue incapaz de liberarse de la sensación de culpabilidad. Siempre se había visto como la veían los demás porque así la habían educado.

«Siempre sé consciente de que alguien puede estar observándote, Sophie», solía decirle su madre con remilgo. «Porque normalmente alguien lo estará haciendo».

Y así, ahora, una parte de ella estaba observando a una princesa apoyada contra una pared con la ropa interior bajada hasta los tobillos mientras Rafe se movía dentro de su cuerpo.

Sintió cómo empezó a temblar y, cuando él llegó al éxtasis, le susurró unas suaves palabras en griego a la vez que lo besaba en los labios con pasión esperando que eso camuflara el hecho de que ella no lo había alcanzado.

Durante un momento ambos se quedaron en silencio y cuando él se relajó, ella se apartó. Con timidez, se agachó para subirse la ropa interior.

–Será... será mejor que me marche. Y me... instale.

–Claro.

Rafe la miró con cierta extrañeza mientras ella se ponía el sujetador y la camisa y se atusaba el pelo, pero no le dijo nada más al verla marchar hacia sus aposentos.

Ni siquiera ver sus dependencias lograron calmar unos sentimientos agitados por su carencia de reacción al hacer el amor con Rafe. ¿Haber saboreado la libertad durante tanto tiempo era lo que ahora estaba provocando esa sensación de alienación al encontrarse en el ambiente en el que había crecido?

Miró la cama con dosel situada bajo un altísimo techo dorado. Miró la foto de sus padres en un baile al que habían asistido antes de que ella siquiera hubiera nacido; su madre llevaba el deslumbrante collar de rubíes y diamantes que tendría que haber lucido ella al casarse con el príncipe Luc. Un collar que ahora pertenecía a otra mujer...

Tras soltar la foto, se duchó para quitarse el aroma de Rafe de la piel y de ahí pasó al vestidor. Las fabulosas prendas que encontró dentro estaban a años luz de los pantalones cortos y las camisetas que había vestido en Poonbarra, donde se había sentido como una persona normal y había pasado desapercibida. Deslizó los dedos por las suaves telas y eligió un vaporoso vestido de un azul tan suave que parecía casi blanco. A continuación, bajó al comedor.

La cena se sirvió en la sala de banquetes del Estado, una estancia diseñada para que el palacio luciera en todo su esplendor. El centro de la mesa lo ocupaban resplandecientes jarrones de cristal colmados de rosas color crema y altos candelabros de oro. Para Sophie resultó impactante verse de nuevo ahí, entre tanto lujo y suntuosidad. Estaba sentada junto a Myron, que claramente estaba haciendo un gran esfuerzo por mostrarse amable con ella. Imaginaba que en cualquier momento la reprendería por haberse fugado, pero en lugar de eso le preguntó cómo había sido su vida en Poonbarra y ella respondió intentando ocultar la melancolía de su voz. Además, detectó una innegable sensación de alivio en la actitud de su hermano. ¿Se alegraría el rey de que su problemática hermana por fin dejara de ser responsabilidad suya para pasar a las manos de otro hombre poderoso como él?

Rafe estaba sentado entre Mary-Belle y el primer ministro de Isolaverde. Sophie observó cómo encandiló tanto a su hermana pequeña como al político, que acababa de aprobar la extensión del museo oceanográfico del país, famoso en el mundo entero. ¿Quién iba a imaginar que Rafe sería un experto en ciencias del mar o que había buceado en las Islas Galápagos? Al verlo hacer reír a su hermana y sonreír ante un comentario del primer ministro, el corazón le comenzó a latir con fuerza bajo la delicada seda del vestido. Qué guapo estaba ahí sentado, aunque también algo... distante. No le lanzó ni una mirada furtiva ni una sola sonrisa desde el otro lado de la mesa. ¿Y quién tenía la culpa de eso? ¿Se habría percatado de su falta de respuesta cuando habían estado juntos hacía un momento o se habría sumido tanto en su propia pasión que no se había dado cuenta? Se preguntó si debería haber fingido un orgasmo, pero al instante algo se removió en su interior ante la idea porque ¿no se suponía que su relación estaba fundamentada en la sinceridad y la honestidad?

Sin embargo, ahora mismo no lo sentía así. Se sentía como si le estuviera ocultando cosas, como si supiera que se horrorizaría si descubriera en qué estaba pensando.

Y la cosa no mejoró cuando la velada llegó a su fin y a cada uno se le asignó un sirviente para volver a las habitaciones. Rafe le dio un fugaz beso antes de separarse porque ¿qué otra cosa iba a hacer teniendo delante a todos esos rostros silenciosos observándolo?

Después, se metió entre las frescas sábanas preguntándose si él cruzaría el palacio a hurtadillas para encontrarla y enmendar ese extraño e incómodo momento de intimidad que habían vivido. Miró al techo pensando en que era la primera noche que pasaban separados desde aquel juego de seducción bajo la luz de la luna en la piscina. ¿Eran esas frías y doradas paredes las responsables de que se hubiera esfumado su pasión o el problema se debía a que era muy complicado olvidar toda una vida de restricciones de la noche a la mañana?

Finalmente, se quedó dormida pensando en el resplandeciente anillo de compromiso que Rafe le pondría en el dedo el día de Año Nuevo y sin poder sacarse de la cabeza la idea de que todo estaba mal.

Capítulo 11

BAJO los arcos curvados del salón de baile una orquesta tocaba y Rafe miraba a su alrededor. Entre el suave murmullo de las voces oía alguna que otra carcajada aristocrática y el tintineo de las copas de cristal de los brindis. Incluso para un hombre que había asistido a innumerables eventos elegantes, el baile de Año Nuevo de Isolaverde resultaba impresionante.

Sentía las miradas de todos posadas en él; de todos excepto de Sophie, que parecía estar evitándolo. Se preguntó si estaría pensando en ese episodio de pasión tan poco satisfactorio del día anterior en el que ella se había mostrado tan receptiva como un bloque de hielo en sus brazos. Apretó los labios. Que una mujer se mostrara tan gélida mientras estaba dentro de ella era algo que jamás le había pasado. Y el problema era que Sophie no era una simple amante a la que pudiera olvidar fácilmente sino la mujer a la que había jurado convertir en su esposa y a la que había prometido un compromiso de por vida.

Sacudió la cabeza justo cuando alguien le ofreció una copa de champán.

Una rubia de mediana edad con toda una fortuna colgándole del cuello en forma de collar de esmeraldas no se molestó lo más mínimo en ocultarle su interés. Jamás se había topado con una actitud tan descarada, y eso que estaba acostumbrado a que lo miraran. Era consciente de que estaban observando cada uno de sus movimientos y analizando cada uno de sus comentarios. ¿En eso consistía pertenecer a la realeza además de en seguir unas malditas normas y un continuo protocolo? ¿Era esa la razón por la que Sophie se había mostrado tan tensa en cuanto había entrado allí? ¿Era esa la razón por la que de pronto no se parecía en nada a la cálida mujer que había llegado a conocer?

Miró al otro lado del salón y la vio. Sin duda, era la mujer más bella de la sala, con su melena oscura adornada con zafiros y un vestido azul noche abrazando su esbelta figura. Pero la vio fría y distante mientras saludaba a los invitados de alta cuna y, una vez, más esa sensación de inquietud se apoderó de él.

Le había pedido que fuera su mujer, pero no podía negar las dudas que habían empezado a llenarle la cabeza desde que habían llegado a Isolaverde. En Nueva York todo le había parecido ridículamente sencillo. Se había sentido eufórico, asombrado por haber encontrado a una mujer cuya compañía no lo irritaba y aturdido por unos increíbles encuentros sexuales. Ambos habían espantado a sus demonios mutuamente. Ella le había dicho que quería casarse y tener una familia, y él también lo quería. Y la guinda del pastel la había puesto el hecho de que, según había entendido, ninguno de los iba detrás de ese decepcionante cuento de hadas llamado «amor».

Pero en el bullicio de la gran ciudad había resultado fácil olvidar que Sophie pertenecía a la realeza mientras que ahí, en Isolaverde, era un hecho que había tenido presente desde que habían aterrizado. Y eso no cambiaría nunca. Quería tener hijos, ¿pero había pasado por alto el detalle de que cualquier hijo que tuviera con Sophie pertenecería a la realeza desde el momento de su nacimiento y generaría demasiada expectación? ¿Podía someter a su propio hijo a una vida expuesta a la luz pública?

Mientras Sophie estaba caminando hacia él, vio a la gente haciéndole reverencias a su paso.

–Bueno, aquí estás.

–Aquí estoy –respondió él mirándola fijamente–. Y soy todo tuyo. ¿Bailas conmigo?

Ella asintió y una pequeña sonrisa le rozó los labios cuando Rafe la rodeó con sus brazos y la orquesta pasó a interpretar un lento y sensual vals. Captó un perfume diferente en su piel, algo cálido y picante, y sintió una punzada en el corazón al acercarla más a sí.

–¿Te diviertes?

–¡Por supuesto! ¿Y tú?

–Sin duda es un evento muy elaborado –contestó él secamente.

¿Qué había querido decir con eso?, se preguntó Sophie, pero no encontró nada en su gesto que le diera pista alguna. La situación se había vuelto algo incómoda entre los dos desde aquel desconcertante encuentro. No habían hablado del tema y ella había rezado por que él no se hubiera dado cuenta de lo sucedido y su propio placer hubiera sido tan potente que el hecho de que ella no hubiera sentido nada le hubiera pasado desapercibido. Sin embargo, lo cierto era que desde entonces Rafe no había vuelto a tocarla.

Y aunque su distanciamiento le había ahorrado el miedo a volver a repetir el mismo episodio, por otro lado no había hecho más que asustarla ante la duda de qué les estaría pasando y de si su relación sería para siempre así a partir de ahora. Tenía un nudo en el estómago mientras bailaban por el salón.

No era estúpida. Había muchas razones por las que

se podría haber creado una brecha entre ellos, no simplemente el hecho de que no estuvieran teniendo sexo. Había visto la expresión de Rafe cuando no era consciente de que lo estaba mirando. ¿Y si había cambiado de opinión sobre casarse con ella ahora que la había visto en su hábitat natural?

Levantó la mirada y formuló la pregunta que tanto había estado temiendo.

—¿Aún estás de acuerdo con que mañana se haga el anuncio del matrimonio?

—Le he dado mi palabra a tu hermano, ¿verdad? Y yo nunca falto a mi palabra.

Pero a Sophie esa respuesta no la reconfortó.

El baile terminó y un noble de Isolaverde a quien conocía desde niña dio un paso adelante para ocupar el lugar de Rafe. Con una sonrisa, ella sacudió la cabeza y tomó una copa de ponche de una bandeja. En realidad, tomar una copa le apetecía tan poco como bailar y lo hizo más a modo de distracción mientras observaba a Rafe dirigirse hacia una belleza para pedirle un baile.

La belleza en cuestión era una duquesa, una rubia etérea que había estado sentada al lado de Rafe durante la cena. La mujer aceptó su ofrecimiento de inmediato y Sophie sintió que se le cayó el alma a los pies. ¡Cómo no iba a aceptar! ¿Qué mujer no querría estar en brazos de Rafe Carter? A pesar de no poseer ningún título real, era con diferencia el hombre más atractivo del abarrotado salón. Lo vio guiar a la duquesa por la pista preguntándose si serían imaginaciones suyas que parecía más relajado con esa mujer que con ella. Aunque por otro lado, de ser así ¿podría culparlo? No podía ser muy divertido bailar con una mujer que de pronto se había convertido en hielo.

Intentó no reaccionar, pero no fue capaz de ocultar

los celos que la invadieron al verlo tan cerca de otra mujer. Se dijo que no debía ser tan estúpida, que todo era completamente inocente. Y lo era. Creía en su juramento de serle fiel tanto como creía que era un hombre que no faltaría a su palabra.

Pero eso se lo había dicho antes de que ella se hubiera enfriado, ¿verdad? Antes de que él hubiera visto de cerca lo que significaba casarse con la pompa y la solemnidad de la familia real de Isolaverde.

Sintiéndose como si la estuvieran asfixiando, Sophie se dio la vuelta y encontró un escondite tras una columna de mármol contra la que se dejó caer abatida. Porque nada había cambiado, ¿verdad? A pesar de su atrevido intento de lograr algo de independencia, todo seguía siendo igual. Se había comprometido con un hombre que le había prometido la seguridad de un matrimonio, pero sin el cobijo del amor. Tal como había hecho Luc.

¡Y ahora estaba igual de atrapada que antes!

Con la diferencia de que esta vez era peor.

Mucho peor.

Desde siempre había sabido que no tenía muchos sentimientos hacia Luc porque nunca les habían dado la libertad de llegar a conocerse en condiciones. Sin embargo, a Rafe sí que lo conocía, y lo conocía más íntimamente de lo que había llegado a conocer a nadie. Había sido su amante. Habían cocinado el uno para el otro y ella se había tendido sobre las almohadas de su cama de Nueva York mientras él le había masajeado los hombros para después adentrarse en su deseoso cuerpo. La había llevado a fiestas y espectáculos. Habían salido de compras y habían paseado por las nevadas calles de Nueva York. Y si tenía que ser sincera, durante todos esos momentos se había ido enamorando de él, ¿verdad?

¿Verdad?

Mientras intentaba decirse que se estaba asustando de un modo innecesario, la música cambió a un alegre foxtrot. Se dijo que al día siguiente Rafe le pondría el enorme anillo de rubíes y diamantes que habían elegido juntos en la Avenida Madison y la gente de Isolaverde quedaría encantada porque su princesa había encontrado la felicidad al fin.

Pero lo cierto era que no la había encontrado.

Seguía siendo la misma princesa boba y sumisa que pensaba que no podía existir sin el apoyo de un hombre poderoso a su lado. ¡Era tan moderna como una de esas antiguas armaduras que adornaban el vestíbulo! ¿Cómo podía permitirse conscientemente entregarse al potencial dolor que le traería una unión así? ¿Cómo podía forzar a Rafe a seguirle la corriente cuando el acuerdo había sido que ninguno de los dos buscaría amor?

Inquietantes y perturbadores pensamientos se le acumularon en la cabeza, pero los ocultó tras una discreta sonrisa y actuó tal como se esperaba de ella. Bailó con el primer ministro, con algún que otro duque y con un jeque que estaba allí de visita. Incluso volvió a bailar con Rafe intentando no dejarse llevar ni hacerle preguntas cargadas de celos sobre sus parejas de baile.

Y fue entonces cuando se dio cuenta de que así sería su futuro, así sería la vida con un hombre al que no podía amar. Un hombre al que todas las mujeres desearían y al que probablemente intentarían conquistar. Y mientras, ella se quedaría apartada viendo cómo sucedía eso y sin atreverse a mostrarle sus sentimientos.

—Relájate —le dijo él trazando con el dedo pequeños círculos en su cintura.

—Lo intento.

–Pues inténtalo un poco más –añadió Rafe son-
riendo–. Porque esto terminará pronto.

Sophie se preguntó si Rafe imaginaba lo oportunas
que habían sido sus palabras porque de pronto supo que
ya no podía seguir huyendo de la verdad. Huir no la
llevaría a ningún sitio. Tarde o temprano tendría que
parar y enfrentarse a lo que la estaba inquietando; y lo
que la inquietaba era que no podía seguir adelante con
ese matrimonio. Por el bien de todos, tenía que detenerlo.

–Rafe, tengo que hablar contigo.

–Pues habla.

–No. Aquí no. ¿Podemos ir a un sitio más privado?
Por favor. Es importante.

–Pero el baile no ha terminado aún.

Ella recibió el comentario como una reprimenda.
Qué ironía que el plebeyo le estuviera dando a la princesa una lección sobre normas de etiqueta.

–Cuando hayan terminado los fuegos artificiales y
mi hermano se haya ido, ¿puedes reunirte conmigo en
la Sala Rubí? ¿Sabes dónde está?

Él asintió.

–Claro.

Como pudo, Sophie resistió el resto de la velada. Al
llegar la medianoche, las puertas dobles de cristal se
abrieron y todo el mundo salió a la terraza a la vez que
se oían campanas por toda la isla celebrando la llegada
del nuevo año. Ese siempre era un momento muy emo-
tivo y esa noche le resultó más conmovedor aún porque
Sophie pensó en lo que le esperaba. Se le saltaron las
lágrimas cuando el cielo estalló en un espectacular des-
pliegue de fuegos artificiales y tonos plateados, dorados, bronces y rosas se reflejaron en las brillantes y
oscuras aguas del Mediterráneo.

Y desde ese momento pasó el resto de la noche mirando el reloj. Lo único que quería era que Myron se retirara porque a nadie se le permitía moverse hasta que el rey lo hubiera hecho. Por fin, el rey le susurró algo al oído a una impresionante pelirroja y al instante salió del salón con su séquito. Un momento después, Sophie vio a la mujer seguirlo.

Se le salía el corazón mientras se dirigía al ala este del palacio. La Sala Rubí era uno de sus lugares favoritos, decorada por su madre basándose en su piedra preciosa y su color favoritos. Era una habitación que le despertaba muchas emociones por toda clase de razones y probablemente por eso no había sido el mejor lugar para hablar con Rafe. Sin embargo, era un espacio tranquilo y estaba alejado del bullicio del baile.

Entró y vio que Rafe ya estaba allí, tan alto e imponente junto a la chimenea de mármol y mirándola fijamente mientras cerraba la puerta.

–¿A qué viene este encuentro clandestino?

Ella respiró hondo.

–Te he traído aquí para decirte que no me puedo casar contigo, Rafe.

Lo miró buscando en su rostro una pizca de emoción, algo que le indicara que sus palabras lo habían sorprendido. Pero nada, no vio nada. Esos oscuros rasgos se mantuvieron impenetrables. Y en cierto modo eso le facilitó la decisión y le reforzó la idea de que estaba haciendo lo correcto porque el hombre que había visto en Nueva York parecía haberse esfumado. Ahora lo veía más como a un extraño que el día que lo conoció.

–Quería decírtelo esta noche para estar a tiempo de anular el anuncio del compromiso.

Ni el más mínimo atisbo de emoción se reflejó en su rostro cuando respondió:

–¿Por qué? ¿Es que un único episodio de sexo decepcionante ha bastado para que te entre el miedo?

–Es un factor influyente, sí.

–¿Quieres que eche el cerrojo y te haga el amor? ¿Te
hará eso sentir mejor?

Sophie se ruborizó intensamente.

–No, por supuesto que no. Es mucho más que eso.

–¿Qué?

Ella se mordió el labio. Podía optar por el camino
sencillo y decirle que había cambiado de opinión y que
no quería casarse, e incluso podría fingir que se había
visto imbuida por la vida de palacio y había decidido
que le gustaba demasiado como para marcharse de allí.
Sin embargo, sospechaba que él era lo suficientemente
intuitivo como para saber que esa no era la razón y,
además, ¿qué le hacía pensar que decirle todo eso era
seguir el camino más sencillo? Nada sería sencillo.

–Porque queremos cosas distintas.

–Creía que ya habíamos hablado de esto y que habíamos decidido que en realidad queríamos las mismas
cosas. Formar una familia juntos. ¿No habíamos quedado en eso, Sophie?

Y entonces Sophie supo que, por mucho que su orgullo se resintiera, debía decirle la verdad. Bajó la voz
y dijo:

–No me puedo casar contigo, Rafe, porque me he
enamorado de ti. Y puedo verte en la cara cuánto te
aterra eso.

–Porque el amor nunca fue parte del trato.

–Lo sé. ¿De verdad piensas que me quiero sentir así?
Pues no, pero tenía que ser sincera contigo. Te mentí en
el pasado y creo que entendiste que tenía motivos para
ocultarte la verdad, pero no quiero volver a hacerlo. Y ya
que se supone que nuestra relación está basada en la ver-

dad, creo que tienes que oírla. Y la verdad es que me he enamorado de ti, Rafe. He hecho todo lo posible por evitarlo, pero no hay nada que pueda hacer.

Lo miró fijamente esperando que él dijera algo, pero lo único que recibió como respuesta fue silencio.

–Algo me dice que el amor no funcionará en un matrimonio destinado a ser únicamente práctico –continuó–. Pensé... pensé que podría hacerlo, pero me equivoqué. Llámame estúpida o ilusa, pero preferiría esperar al amor incluso aunque no llegue nunca.

Lo miró y vio algo cambiar en su expresión. De pronto, sus ojos grises se iluminaron con hostilidad.

–Te dije categóricamente que yo no me enamoro. ¿Y sabes por qué? Porque no significa nada. ¡Nada! He visto avaricia, lujuria y ambición enmascarándose de amor. ¿En serio pensabas que tus palabras me harían cambiar de opinión, Sophie? ¿Que iba a cambiar mi personalidad solo porque me has mirado con esos preciosos ojos y me has dicho unas palabras que nunca he querido oír?

Sophie estuvo a punto de derrumbarse, de dejarse caer literalmente de rodillas. Pero no lo haría. No podía. Saldría de esa relación con el corazón hecho pedazos, pero se aseguraría de que su dignidad quedara intacta.

–No, Rafe. No pensaba eso, aunque te mentiría si te negara que sí era lo que esperaba que sucediera. Pensé que tal vez estarías lo suficientemente abierto a la idea de que los sentimientos pueden crecer si los dejas. Aunque tal vez tú no los dejes. O tal vez no puedes. Tenemos que decírselo al rey para que no haga el anuncio de nuestro compromiso. Tenemos que ponerle fin a esto ahora mismo. Bueno, no ahora, obviamente, pero sí mañana a primera hora.

–¿Entonces quieres que vaya a tu hermano y le diga que he roto mi promesa?

–Oh, no te preocupes. Se lo diré yo. Me aseguraré de que sepa que no has faltado a tu preciada palabra y que todo ha sido culpa mía. Jamás... jamás debería haber accedido a esto.

–Otro matrimonio que se queda a mitad de camino. ¿De verdad estás preparada para soportar cómo dañará esto tu reputación, Sophie?

–Mejor vivir un momento de vergüenza que toda una vida de desilusión y de estar ocultando constantemente mis sentimientos por miedo a que puedas confundirlos con lujuria, avaricia o ambición. Tus palabras pueden ser muy crueles a veces, Rafe, pero supongo que debería estar agradecida por tu franqueza. Porque al menos, por ahora, me está resultando muy fácil no quererte.

Capítulo 12

TENÍA todo lo que quería. Todo. Pero entonces, ¿por qué no le bastaba?

Rafe caminaba de un lado a otro de su apartamento de Manhattan donde, al otro lado de las ventanas, el brillo de los rascacielos enmascaraba la oscuridad de la noche. Era un poco lo que le pasaba a él. Por fuera estaba actuando con normalidad, cerrando tratos e iniciando otros nuevos, yendo al gimnasio y a fiestas, e incluso había llevado a una mujer al teatro la noche anterior. La vida tenía que seguir en todos los sentidos.

Se detuvo y suspiró. Esa preciosa mujer debió de pensar que estaba loco porque, aunque le había dejado bien claro que nada le gustaría más que acostarse con él, Rafe se había quedado paralizado y frío. Se había estremecido ante la idea de tocar a una mujer.

A una mujer que no fuera Sophie.

¡Maldita sea!

Echó a caminar de nuevo. ¿Por qué no podía dejar de pensar en ella aun sabiendo que era lo mejor para los dos? Si no podía darle lo que ella quería, entonces ninguno de los dos se sentiría satisfecho con su vida juntos.

Una imagen de su rostro se coló en su mente: unos ojos tan azules como el cielo de Queensland, un cabello adornado con zafiros o cayendo libre sobre sus hombros desnudos. La fría sonrisa que le había dirigido cuando se había marchado de Isolaverde. Había pensado que la indiferencia que había visto en ese momento en su mirada estaba condicionada por el hecho de que los estuviera observando su hermano, claramente irritado por ese último giro de los acontecimientos, pero entonces había entendido que todo era por él. En la mirada de Sophie no había visto reproche, solo una serena dignidad que lo había tenido preocupado todo el trayecto hasta Estados Unidos y que seguía preocupándolo.

¿Qué iba a hacer?

Apretó los labios.

Tenía un problema. ¿No era hora de que empezara a buscarle una solución?

El sol se colaba en la sala de desayuno del palacio de Isolaverde y el rey estaba sentado observando a su hermana.

—Me estaba preguntando si hoy podrías ir a la playa de Assimenios —dijo Myron.

Sophie apartó el plato a medio terminar y forzó una sonrisa.

—¿Por alguna razón en particular?

—Podría ser. Estoy pensando en construir una casa allí y me gustaría que me dieras tu opinión.

—¿Mi opinión?

—Claro, ¿por qué no?

Sophie abrió la boca para decir que no estaba segura de que su opinión fuera a contar mucho en ese momento, pero entonces se detuvo porque, ¿no llevaba tiempo pidiéndole a su hermano que la tuviera más en cuenta? No era culpa de Myron que ella ahora no estuviera bien, pensó ya en su dormitorio mientras se ponía un sombrero de paja. El único culpable era...

Se miró al espejo consciente de que tenía ojeras y los pómulos más marcados.

Debía dejar de pensar así. No podía culpar a Rafe, había sido sincero con ella desde el principio. Si había alguien a quien culpar, esa era ella porque había sido ella la que había sido incapaz de conformarse con lo que él le ofrecía. Era ella la que había querido más de lo que él era capaz de darle. Rafe había descartado el amor desde el principio y ella lo había solicitado de todos modos.

Al menos, se estaba haciendo más fuerte cada día. A veces incluso lograba pasar quince minutos enteros sin pensar ni en el rostro de Rafe ni en todo lo que había perdido. No, no había perdido nada, se recordó con fuerza. No había perdido nada. Se había alejado de algo que con el tiempo habría acabado haciéndole daño y trayéndole dolor. Se había alejado de un matrimonio con un hombre incapaz de amar. Había sido fuerte, no débil, y algún día se alegraría de esa fortaleza.

Pero de momento no.

Myron había accedido a darle más responsabilidades y más peso a su cargo real, al igual que le había ofrecido la posibilidad de marcharse al extranjero para forjarse una carrera profesional por sí misma. Porque después de que Rafe se hubiera marchado y ella hubiera soltado la última de tantas amargas lágrimas, se había dado cuenta de que tenía que tomar las riendas de su vida y de que esta vez fugarse y cruzar el Pacífico no era la respuesta. Por eso había acudido a Myron y le había dicho que estaba pensando en estudiar un curso de cocina en París a finales de primavera.

¡Y Myron había aceptado!

Tal vez en el fondo la independencia siempre la había tenido al alcance de la mano, pensó al sentarse tras el volante del coche que uno de los sirvientes le había llevado hasta la parte delantera del palacio. Tal vez lo único que había tenido que hacer era defender lo que quería desde el principio. El problema era que no había sabido lo que quería hasta que había conocido a Rafe y ahora tendría que aprender a querer otras cosas. Cosas distintas. Cosas que no tuvieran nada que ver con él.

Recordando su impenetrable mirada, condujo por la carretera de la costa hacia el lado este de la isla. El azul del cielo contrastaba con el azul mucho más profundo del Mediterráneo. Los bordes de la carretera estaban plagados de flores, entre ellas la especial Estrella de Isolaverde con sus tonos amarillos y blancos. Miró por el retrovisor y vio el coche del guardaespaldas más alejado de lo habitual. Parecía que ese día habían decidido darle algo de libertad.

Assimenios era el enclave más pintoresco de una isla no carente precisamente de lugares especiales. Se trataba de una playa privada de arenas blancas que solo utilizaban la familia real y sus invitados. Con sus aguas cristalinas resultaba tan espectacular como un paraíso caribeño. Mientras salía del coche y bajaba por la arenosa pendiente recordó las vacaciones de su infancia en las que, junto con Myron y Mary-Belle, jugaba bajo las enormes sombrillas.

La playa debería haber estado desierta, pero al mirar hacia el mar vio un yate meciéndose con la suave brisa. Estrechó la mirada porque en la playa había también un hombre, y no era un hombre cualquiera.

Era Rafe.

Tuvo que contenerse para no descalzarse y correr hacia él con los brazos abiertos.

No lo podía hacer, pensó con furia, porque lo suyo había terminado y no sabía qué estaba haciendo allí provocándola y generando que el corazón se le retorciera de dolor otra vez.

La Sophie de un año atrás se habría dado la vuelta, se habría subido al coche y habría conducido hasta el palacio a toda velocidad. Pero eso sería como huir y ella ya no huía de nada.

Así que se descalzó y echó a caminar sobre la plateada arena hacia él.

—Hola, Rafe.

—Hola, Sophie.

—¿De quién es ese barco? —preguntó mirando al mar como si prefiriera mirar al yate antes que a él.

—Tuyo. Lo he comprado para ti.

Entonces ella se giró y él pudo ver furia en sus ojos azules.

—¿Me has comprado un barco? ¿Qué es esto? ¿El equivalente de un multimillonario a un ramo de flores para pedir perdón?

—En cierto modo sí. Pero también lo he comprado porque es el barco más bonito que he visto en mi vida y pensé que una marinera de tu calibre lo podría disfrutar. Lo he hablado todo con tu hermano...

—Lo estaba suponiendo, pero no me importa mi hermano. ¡Quiero saber qué estás haciendo aquí y por qué te presentas sin previo aviso en nuestra playa familiar!

Era la pregunta más complicada que le habían hecho en su vida, pero Rafe sabía que si no la respondía bien, lo arriesgaría todo. Quería tomarla en sus brazos y besarla y que sus labios le demostraran lo mucho que la había echado de menos, pero sabía que debía hablar, que había cosas que ella tenía que oír.

—Estoy aquí porque te echo de menos y porque he sido un idiota. Un idiota cabezota.

Ella sacudió la cabeza furiosa.

—No tengo por qué escuchar toda esta... basura. To-
maste tu decisión, así que cíñete a ella. Voy a retomar
mi vida y no te necesito.

—¿No? Pues entonces eres muy afortunada, Sophie,
porque yo sin duda te necesito a rabiar. Nada es lo
mismo sin ti. Tengo todo un mundo a mis pies, puedo ir
adonde quiera. Manhattan, Poonbarra, Inglaterra...,
pero no quiero ir a ningún sitio donde no estés tú.

—Márchate, Rafe, y llévate contigo tus insignifican-
tes palabras.

—Si eso es lo que quieres, me iré. Pero antes necesito
que escuches lo que tengo que decir. ¿Harás al menos
eso por mí?

La vio vacilar cuando giró de nuevo la cara para
mirar al mar.

—Pues date prisa —le respondió con brusquedad—
porque me quiero ir.

Él respiró hondo.

—Nunca he creído en el amor, ni siquiera estaba seguro de que existiera...

—Me acuerdo —lo interrumpió con acritud—. Lo habías visto enmascarado en lujuria o avaricia.

—Sí, así es. Había visto que solo dejaba caos a su
paso y eso hizo que me asegurara de tener mi vida y mi
destino bajo control. Por eso me alejaba de cualquier
atadura emocional y siempre me había funcionado.
Hasta que te conocí.

—No. No me digas cosas que no sientes.

—De acuerdo. Porque con lo que te estoy diciendo
estoy admitiendo que estoy luchando como un loco por
recuperarte, por decirte que me atraes en todos los sentidos. Te has colado en mi vida sin ni siquiera intentarlo
y me has hecho confiar en ti. Me has hecho darme
cuenta de que hablar de lo que me hacía daño era el

único modo de liberarme de ese dolor. Me entregaste tu cuerpo del modo más hermoso que me podría imaginar. Hiciste que unos tipos duros en Poonbarra cayeran bajo tu hechizo porque, a pesar de todo, esta princesa tiene humildad y sencillez. Me he resistido todo lo que he podido, pero ya no me resistiré más porque te quiero, Sophie.

–No te creo.

–No se puede elegir a quién amar, pero si se pudiera, te seguiría eligiendo a ti. Incluso aunque me digas que no quieres volver a verme nunca, jamás lamentaré haberte amado, Sophie. Porque me has hecho volver a la vida. Me has hecho experimentar la felicidad y el único problema de haber estado contigo es el dolor que ahora me causa echarte de menos.

En el rostro de Sophie vio el brillo de unas lágrimas contenidas y de pronto un insoportable pensamiento lo invadió. Tal vez sí que lo había estropeado todo con su arrogancia y su miedo. Sintió un intenso dolor en el corazón y justo en ese momento ella comenzó a hablar.

–Durante toda mi vida me han puesto en un pedestal, como si fuera una especie de estatua de mármol. Y cuando me hiciste el amor, me hiciste sentir como una mujer de verdad. Pero entonces me di cuenta de que habías impuesto normas sobre lo que se me permite hacer y decir. No se me permite amarte, aunque al parecer sí que se me iba a permitir amar a nuestros hijos. Pero el amor no es algo que puedas limitar. El amor crece, Rafe, y debemos extenderlo a nuestro alrededor todo lo que podamos.

–Entonces extiende un poco de ese amor sobre mí –le dijo él con voz suave.

–¿Y si soy frígida? ¿Y si desde ahora toda va a ser como aquella noche en el palacio?

–¿Eso crees?

–Es tu opinión la que estoy pidiendo, Rafe.

–Creía que estabas nerviosa por haber vuelto al palacio y decidí alejarme un poco para darte el espacio que necesitabas.

A ella le tembló la voz.

–Pensé que había dejado de gustarte.

–¿Que habías dejado de gustarme? ¿Estás loca? Tuvimos un fallo de comunicación y el protocolo de palacio no fue de mucha ayuda exactamente.

La miró preguntándose si ella podría ver el deseo en su mirada.

–El mes que viene me voy a París. Voy a estudiar un curso de repostería profesional para aprovechar todo lo que cociné en Poonbarra.

–Entonces yo puedo ir a París y trabajar desde allí.

–Puede que quiera tener la oportunidad de vivir sola por un tiempo.

–En ese caso, esperaré a que estés lista para venir conmigo.

–¿Tan seguro estás de que volvería contigo?

–Es un riesgo que estoy dispuesto a asumir.

Ella lo miró.

–¿Crees que tienes la respuesta para todo, Rafe Carter?

–Eso espero porque ahora mismo me siento como si estuviera luchando por mi vida. Lo único que te pido es una oportunidad más, Sophie. Una oportunidad para hacer las cosas bien. Una oportunidad para demostrarte cuánto significas para mí.

Ella apretó los labios, pero él sintió que se estaba ablandando.

–Si me haces daño...

–Jamás volveré a hacerte daño. Te querré y mimaré

durante el resto de mis días. Siempre que tú... –se detuvo un instante, pero sabía que debía decirle esas palabras y que no debía sentir vergüenza por ello– me prometas no hacerme daño tampoco.

–Oh, Rafe –exclamó Sophie y ahora las lágrimas que había estado conteniendo brotaron y se deslizaron por su rostro–. Jamás lo haré –le susurró–. Nunca.

Con los ojos llenos de lágrimas, Rafe le rodeó la cara con las manos y se vio invadido por una intensa emoción.

–¿Quieres salir a navegar con tu yate al atardecer? –le preguntó con ternura.

Ella sonrió.

–Aún falta mucho para que llegue la tarde. Creo que preferiría besarte.

Epílogo

UN ESTREMECEDOR gorjeo rompió la tranquilidad de la noche y Sophie se giró para acurrucar su cuerpo desnudo contra el de Rafe.

–Es un zarapito –murmuró adormilada.

–Enhorabuena –respondió Rafe antes de besarle la cabeza–. Pronto te nombrarán miembro de la Sociedad Australiana de Ornitología.

–Eso no es justo. Sé mucho sobre la avifauna indígena, puedo distinguir fácilmente a un ave de emparrado.

Él le besó la punta de la nariz.

–Pero eso es solo porque su color es tan azul como tus preciosos ojos.

–Oh, Rafe. Cuánto te quiero.

–Vaya, pues esto está muy bien porque yo también te quiero.

La acercó más a sí y meditó sobre los tres últimos años.

Había sido un camino interesante el que habían recorrido antes de que la princesa Sophie de Isolaverde hubiera accedido por fin a convertirse en su esposa. Tal como se había propuesto, había hecho un curso de repostería en París, pero Rafe rápidamente había fundado una sucursal de Comunicaciones Carter en el Distrito Ocho y se habían ido a vivir juntos.

Sophie se había graduado con honores y poco después se habían casado en la catedral de Isolaverde en una ceremonia a la que habían asistido reyes, magnates y estrellas de cine. Pero para Rafe esa deslumbrante reunión de personalidades había pasado desapercibida porque solo había sido capaz de fijarse en su preciosa esposa, que había lucido el collar de rubíes y diamantes que había pertenecido a su madre y que él le había entregado en la víspera de la boda conmovido al verla recibirlo con manos temblorosas y unos ojos llenos de lágrimas. Rafe había tenido intención de pagar cualquier precio por recuperarlo de las manos del príncipe Luc, pero este había insistido en regalárselo.

–Es vuestro –le había dicho–. Porque siempre estuvo destinado para Sophie.

No quedó rencor entre Sophie y el hombre con quien había estado comprometida, e incluso Luc y su esposa asistieron como invitados a la boda real. Tampoco faltaron a la cita Amber con Conall, Nick, Molly y Oliver, Gianluca y Chase, que había salido de las profundidades de la selva amazónica para estar allí. Incluso Bernadette había aceptado una invitación y Ambrose los había sorprendido a todos al pasarse la mayor parte de la noche bailando con el ama de llaves irlandesa.

Y cuando, entre risas, Rafe les había preguntado si estaba surgiendo el amor entre ellos, Bernadette lo había hecho callar con una fulminante mirada.

–¡Claro que no! ¡De lo único que quiere hablar es de sus ataques de gota!

Después de la boda, Rafe le había preguntado a Sophie dónde quería vivir y le había dicho que podían ir a cualquier lugar que quisiera. Sin embargo, su respuesta no lo había sorprendido. Porque aunque visitaban Europa y Estados Unidos de vez en cuando, su base principal se encontraba en Poonbarra, donde los cielos eran enormes y el aire limpio y puro. Era el único lugar en el que de verdad se había sentido libre y él sentía lo mismo. Era su lugar, que ahora compartían con su primer hijo, un precioso y alegre niño al que habían llamado Myron Ambrose Carter.

Pero antes de quedarse embarazada, Sophie había experimentado con todo lo que había aprendido en París, le había dado sus toques personales y de ahí había surgido La Princesa Pasteles. Ahora se acababa de publicar su segundo libro de cocina, que había sido todo un éxito de ventas y de críticas y cuyos beneficios totales iban destinados a una asociación benéfica que trabajaba con niños de Isolaverde. A pesar de muchas ofertas de las principales cadenas de televisión, Sophie había rechazado tener su propio programa. ¿Por qué iba a querer hacer algo que la alejara de su familia?, le había preguntado a Rafe.

Rafe acariciaba la sedosa melena que le rozaba la piel. Familia y amor. Era así de simple. Suspiró. ¿Cómo podía resultar tan maravilloso algo tan sencillo?

–¿Qué hora es? –murmuró Sophie abrazándolo con fuerza.

El alba aún no había surcado el cielo y faltaban varias horas para que la salvaje y preciosa Australia amaneciera, pero por el momento tenían la noche y se tenían el uno al otro.

Siempre.

–Es la hora de que me beses –contestó él con un tono cargado de pasión.

Y en la oscuridad, ella alzó la cara y lo besó.

Bianca

¿Podía pagar el precio que él le pedía y sobrevivir diez días de luna de miel?

Con su matrimonio de conveniencia, el multimillonario Dio Ruiz había cumplido dos fines. Por una parte, había logrado venganza y, por otra, se había llevado a la deseable Lucy Bishop. Sin embargo, desde la noche de bodas, su unión solo se había hecho efectiva sobre el papel. Dos años después, su esposa virgen quería el divorcio. Pero la libertad tenía un precio....

Dolida y humillada después de haber descubierto que su boda no había sido más que un trato de negocios para Dio, Lucy había representado el papel de esposa perfecta en público y se había mantenido fría y distante en privado. Quería dejarlo... ¡no someterse a sus órdenes!

LUNA DE MIEL PENDIENTE

CATHY WILLIAMS

Acepte 2 de nuestras mejores novelas de amor GRATIS

¡Y reciba un regalo sorpresa!

Oferta especial de tiempo limitado

Rellene el cupón y envíelo a
Harlequin Reader Service®
3010 Walden Ave.
P.O. Box 1867
Buffalo, N.Y. 14240-1867

¡Si! Por favor, envíenme 2 novelas de amor de Harlequin (1 Bianca® y 1 Deseo®) gratis, más el regalo sorpresa. Luego remítanme 4 novelas nuevas todos los meses, las cuales recibiré mucho antes de que aparezcan en librerías, y factúrenme al bajo precio de $3,24 cada una, más $0,25 por envío e impuesto de ventas, si corresponde*. Este es el precio total, y es un ahorro de casi el 20% sobre el precio de portada. !Una oferta excelente! Entiendo que el hecho de aceptar estos libros y el regalo no me obliga en forma alguna a la compra de libros adicionales. Y también que puedo devolver cualquier envío y cancelar en cualquier momento. Aún si decido no comprar ningún otro libro de Harlequin, los 2 libros gratis y el regalo sorpresa son míos para siempre.

416 LBN DU7N

Nombre y apellido   (Por favor, letra de molde)

Dirección   Apartamento No.

Ciudad   Estado   Zona postal

Esta oferta se limita a un pedido por hogar y no está disponible para los subscriptores actuales de Deseo® y Bianca®.
*Los términos y precios quedan sujetos a cambios sin aviso previo.
Impuestos de ventas aplican en N.Y.

SPN-03   ©2003 Harlequin Enterprises Limited

Deseo

Un trato con el jefe
Barbara Dunlop

Durante años, Tuck Tucker había llevado la vida de un multimillonario libre de preocupaciones. Pero cuando su hermano desapareció, tuvo que tomar las riendas del imperio familiar. Sabía lo que tenía que hacer y lo que necesitaba, sin embargo, conseguir que la secretaria de su hermano lo ayudara era complicado, ya que Amber Bowen era inteligente y sexy, y no estaba dispuesta a revelarle el paradero de su hermano. Pero Tuck halló el modo perfecto de tentarla para que hiciera un trato con el jefe.

Todos tenemos un punto débil,
y le iba a ofrecer un trato irresistible

Bianca

Para evitar más escándalos, tenía que aceptar a su hijo y convertir a la bella Arden en su reina del desierto

Rodeada de famosos de la alta sociedad, Arden Wills se encontró de repente mirando a los ojos de su primer y único amor, pero, como Idris Baddour se había convertido en jeque y tenía muchas responsabilidades, ella había decidido guardar su secreto todavía mejor.

El tiempo no había hecho menguar la intensa atracción que había entre ambos y el primer beso había ido a parar a las primeras páginas de todos los periódicos, sacando a la luz el secreto de Arden, ¡que tenía un hijo del jeque!

EL HEREDERO SECRETO DEL JEQUE

ANNIE WEST